Inhalt

So waren die Aufgaben im Kapitel für mich

Aufgaben im Kapitel	leicht	mittel	schwer
In der Schule			
Im Herbst			
Miteinander leben			
Im Winter			
Das tut mir gut			
Im Frühling			
Tiere im Stall und auf der Weide			
Wir lernen Räume kennen			
Zeit vergeht			
Im Sommer			

Eigenes Arbeitsverhalten reflektieren und einschätzen. Innerhalb der Kapitel nach jeder Aufgabe den Bewertungskreis in der entsprechenden Farbe ausmalen (unabhängig von Richtigkeit, Sorgfalt o.ä.). Am Kapitelende die Anzahl der Bewertungen derselben Farbe zusammenzählen und auf dieser Seite in die Übersicht eintragen.

In der Schule

In der Schule lernen wir.
Im Unterricht sind alle aufmerksam.
Wir sind freundlich und helfen einander.
In den Pausen spielen wir zusammen.

1 Was machst du in der Schule besonders gern? Kreuze an. ◯

 rechnen	 lesen	 spielen
 malen	 singen	 schreiben

oder: ______________________

Das Foto betrachten. Die Vogelperspektive ermöglicht einen guten Überblick über die Tätigkeit der Kinder. Indem sich jedes Kind einbringt und eigene Ideen beisteuert, entsteht ein gemeinsam angefertigtes Bild. Über den Einstiegstext sprechen: Was tun wir, damit sich alle in der Schule wohlfühlen? **1** Lieblingstätigkeiten ankreuzen, ggf. ergänzen.

S. 11

In der zweiten Klasse

1 Betrachte das Bild. Was entdeckst du alles?

2 Schreibe die passenden Wörter unter die Bilder.

zeigen

- ~~zeigen~~
- schreiben
- einräumen
- lesen

1 Die Tätigkeiten der Kinder beschreiben. Die Stimmung zum Beginn eines neuen Schuljahres erfassen. Nach den Ferien haben sich die Kinder viel zu erzählen. Zugleich beginnt etwas Neues: Es gibt neue Arbeitsmaterialien, neue Lerninhalte sowie klassenspezifische Pläne für das Schuljahr. **2** Die Verben unter das jeweils passende Bild schreiben.

S. 2

3 Freust du dich auf den Sachunterricht? Blättere im Arbeitsheft. Was interessiert dich besonders? Male oder schreibe.

4 Diese Tipps helfen dir in Klasse 2. Ordne zu.

Schaue genau und höre gut zu.

Rede mit anderen und frage nach.

Mache Vorschläge. Probiere etwas aus.

Halte deinen Arbeitsplatz ordentlich.

3 Im Arbeitsheft blättern und ein Thema heraussuchen, auf das man gespannt ist. Dazu malen oder schreiben. Erzählen, warum einen das Thema anspricht und warum man mehr darüber erfahren möchte. **4** Die Bilder mithilfe eines Lineals den Lerntipps zuordnen und erklären, wie die Berücksichtigung der Tipps für eine gute Lernatmosphäre sorgt.

S. 3

Gemeinsam spielen und lernen

1 Wie gehen die Kinder miteinander um?

2 Welche Regel passt zu welchem Bild? Ordne zu.

Ich helfe anderen.

Ich lache keinen aus.

Ich lasse andere mitspielen.

Ich sage „Stopp“, wenn ich mich angegriffen fühle.

Ich mache anderen Mut.

Ich schubse andere nicht.

Regeln helfen!

Regeln legen fest, wie Menschen miteinander umgehen und wie sie sich verhalten sollen. Mit Regeln wird das Zusammenleben leichter.

1 Die Situationen auf den Bildern beschreiben: 1. dem anderen helfen; 2. jemanden schubsen; 3. jemanden ermutigen; 4. sich wehren bzw. Grenzen setzen; 5. jemanden auslachen; 6. jemanden mit einschließen. **2** Die Verhaltensregeln dem jeweils passenden Bild zuordnen. Infokasten: Den Text besprechen und Beispiele für Regeln im Alltag nennen (z. B. Verkehrsregeln).

S. 11

3 So gelingt die Freiarbeit. Ergänze die Sätze.

Ich arbeite allein oder

____

____

Ich teile mir die ______________ ein.

Ich kontrolliere meine ______________

selbst oder ______________ ein anderes

Kind darum.

4 Schreibe eine Regel auf, die zum Bild passt.

____

____

____

____

3 Regeln für die Freiarbeit formulieren: allein oder mit einem Partnerkind lernen, die Zeit gut einteilen, die Aufgaben selbstständig kontrollieren oder von einem Partnerkind abgleichen lassen. **4** Eine weitere Regel formulieren, die sich auf das Bild bezieht (z. B. „Ich helfe anderen“ oder „Ich nehme Hilfe an“).

Zu Fuß und mit dem Fahrrad

1 Auf dem Weg zur Schule achten die Kinder auf den Straßenverkehr. Lies die Fragen zum Bild. Kreuze die richtigen Antworten an.

Was befindet sich vor dem Schuleingang?	Ampel 	Zebrastreifen 
Welches Schild kennzeichnet Lisas Weg?	Fußgängerweg 	Getrennter Geh- und Radweg 
Welches Schild ist hinter Josi?	Parkplatz 	Bushaltestelle 

1 Das Schulgebäude auf dem Bild ausmachen und erzählen, wie die Kinder zur Schule gelangen (zu Fuß, mit dem Fahrrad, evt. mit dem Bus). Dabei die Namen der Kinder anwenden. Sagen, welche Verkehrszeichen auf dem Bild bereits bekannt sind bzw. überlegen, was die Verkehrszeichen bedeuten könnten. Die Fragen zum Bild lesen und die zutreffenden Antworten ankreuzen.

S. 2

2 Was bedeuten die Verkehrszeichen?

Trage die passenden Nummern ein.

1

2

3

4

Fußweg

Gemeinsamer Geh- und Radweg

Getrennter Geh- und Radweg

Radweg

3 Welches Verkehrszeichen passt zu welchem Bild? Klebe auf.

Seite 95

Seite 95

2 Die gleichfarbigen Verkehrszeichen voneinander unterscheiden und ihren Bedeutungen zuordnen. 3 Die Verkehrszeichen auf S. 95 ausschneiden und neben die jeweils passende Verkehrssituation kleben. Besprechen, worauf die Verkehrsteilnehmer achten müssen, z. B.: „Fußgänger dürfen den Radweg nicht benutzen."

S. 16

Den Notruf wählen

1 Was ist hier passiert?

2 Ein Zeuge des Unfalls ruft die Notrufzentrale an. Was teilt er mit?

Ich wähle den

NOTRUF

1. WO	1. Wo ist der Notfallort?
2. WAS	2. Was ist passiert?
3. WIE VIELE	3. Wie viele Verletzte gibt es?
4. WELCHE	4. Welche Verletzungen gibt es?
5. WARTEN	5. Warten auf Rückfragen.

3 Spielt ein Telefonat mit der Notrufzentrale nach.
Wählt einen Ort in eurer Stadt.

1 Das Unfallgeschehen beschreiben: Wie kommt es zu dem Unfall? Wer kommt zu Schaden? Wer ist Zeuge des Unfalls?
2 Die Telefonnummer der Notrufzentrale eintragen. Die „W-Fragen" lesen und auf den Unfall in Aufgabe 1 beziehen.
3 Einen Notruf nachspielen. Zunächst gemeinsam überlegen, um was für einen Notfall es sich handeln soll. | Selbsteinschätzung S. 2

Im Herbst

Das Wetter wird kühler.
Die Blätter färben sich.
Sie rascheln im Wind und fallen vom Baum.
Die Tiere fressen sich an Früchten, Eicheln und Nüssen satt.

1 Das alles frisst das Wildschwein. Zähle auf.

 Eicheln	 Früchte	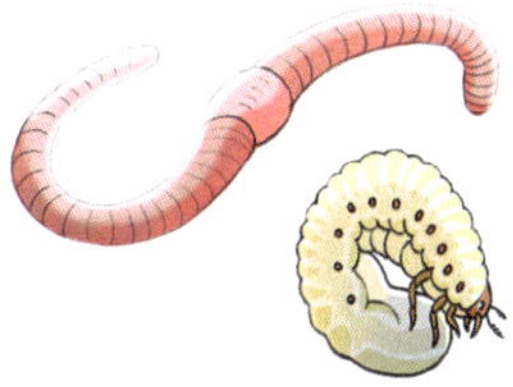 Insektenlarven und Würmer	 Pilze
 Kartoffeln	 Bucheckern	 Gräser und Klee	 kleine Säugetiere

Das Foto betrachten. Wildschweine finden im Herbst herabgefallenes Obst, Eicheln, Kastanien, Bucheckern und Pilze. Sie fressen sich eine Fettschicht an, damit sie gut durch den Winter kommen. **1** Beispiele aufzählen und erkennen, dass das Wildschwein bezüglich der Nahrung nicht wählerisch ist. Erfahren, dass das Wildschwein auch „Allesfresser" genannt wird.

S. 11

Bäume in den Jahreszeiten

1 Betrachte das Bild der Stieleiche. Was entdeckst du alles?

2 Wie heißen diese kleinen Tiere? Ordne zu.

Kreuzspinne | Eichelbohrer | Hirschkäfer

1 Die Stieleiche als Lebensraum wahrnehmen. Der Eichelbohrer bohrt Löcher in die Eichel und legt seine Eier darin ab. Der Hirschkäfer ernährt sich vom Pflanzensaft der Eiche. Der Uhu sucht Deckung im Baum. Das Eichhörnchen verbringt die meiste Zeit auf Bäumen. Der Specht ernährt sich von Insekten unter der Baumrinde. **2** Äußere Merkmale helfen bei der Zuordnung der Namen.

S. 2

3 Die Bilder zeigen eine Rosskastanie im Verlauf eines Jahres. Schreibe unter jedes Bild die richtige Jahreszeit.

1

W

2

3

4

4 Male die Teile der Kastanie fertig aus. Ergänze die reife Frucht.

Knospe **1**

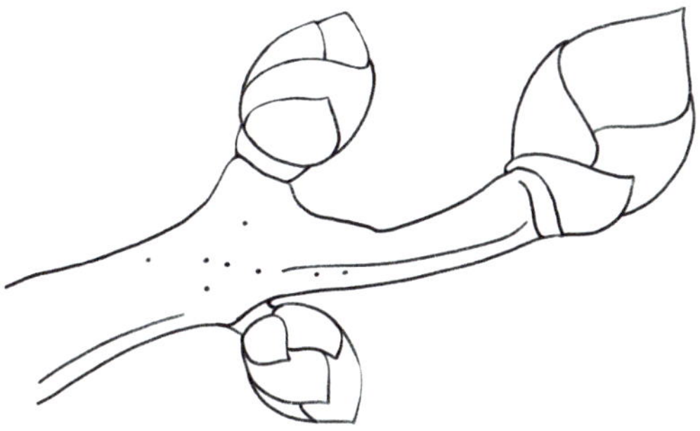

Blüte **2**

junge Früchte in Stachelhüllen **3**

reife Frucht: Kastanie **4**

3 Die jeweils passende Jahreszeit unter die Fotos schreiben. **4** Die Zeichnungen fertig ausmalen, wobei die Fotos oben als Vorlage dienen können. Eine reife Frucht einzeichnen, am besten nach einer aufgelesenen Kastanie als Vorlage. Die Begriffe „Knospe“, „Blüte“ und „Frucht“ anwenden. Ggf. eine Langzeitbeobachtung beginnen und einen Baum im Wechsel der Jahreszeiten fotografieren.

S. 16

Nadelbäume

1 Laub- oder Nadelbaum?
Schreibe.

2 Wie heißen die Bäume? Schreibe.

Tanne Fichte Lärche Kiefer

T

L

F

K

1 Laub- und Nadelbaum anhand ihrer Wuchsform voneinander unterscheiden. **2** Bekannte Nadelbäume kennenlernen und voneinander unterscheiden. Wenn möglich, Nadelbäume in der Schul- und Wohnumgebung betrachten und einige Nadeln und Zapfen auflesen. Die Nadeln und Zapfen verschiedener Baumarten betrachten, betasten und miteinander vergleichen.

S. 4

3 Welche Teile hat ein Laubbaum? Welche ein Nadelbaum?
Kreuze an.

Baumteile	Laubbaum	Nadelbaum
Stamm und Wurzeln 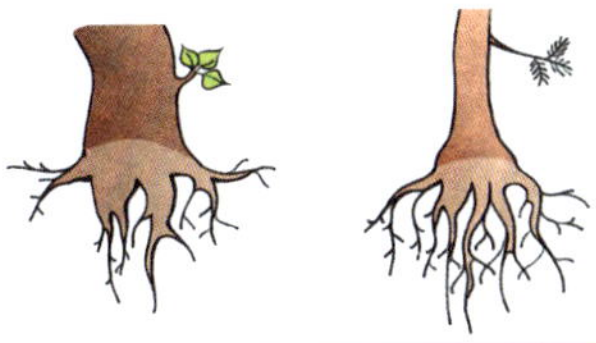	X	X
Äste und Zweige 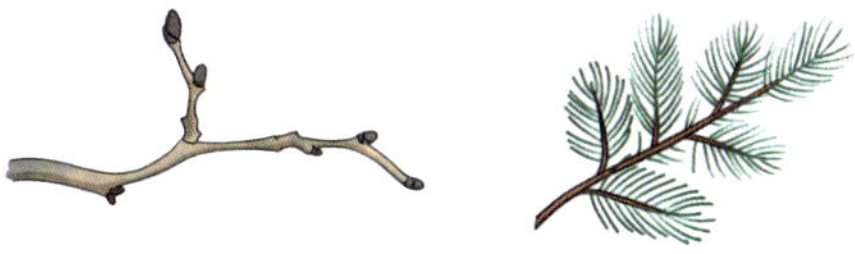		
Laubblätter 		
Nadeln 		
Zapfen 		
Früchte 		

4 Das Holz von Fichte und Kiefer wird besonders gern verarbeitet.
Schreibe drei Dinge auf, die aus Holz sind.

3 Die einzelnen Teile von Laub- und Nadelbäumen vergleichen und Gemeinsamkeiten und Unterschiede herausarbeiten. 4 Darüber sprechen, dass die Fichte und die Kiefer schnell wachsende Bäume sind und somit oft für die Holzproduktion verwendet werden. Der Anbau von Fichten in Deutschland bringt auch Probleme mit sich, da Fichtenwälder besonders anfällig für Trockenheit sind.

S. 6

Sträucher

1 Baum oder Strauch? Schreibe.

Ein  hat einen 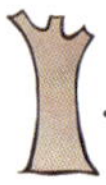.

Ein  hat viele .

2 Hier siehst du Sträucher in verschiedenen Jahreszeiten. Ordne zu.

1 Brombeere im Frühling

2 Stachelbeere im Sommer

3 Berberitze im Herbst

4 Schlehdorn im Winter

3 Was lässt sich alles aus den Beeren von Sträuchern machen?
Sammle Beispiele (Prospekte, Etiketten ...) und klebe sie auf ein Blatt Papier.

1 Bäume haben meist einen Hauptstamm, während bei Sträuchern schmale Stämme nebeneinander wachsen und sich bereits knapp über dem Boden verzweigen. 2 Die Sträucher anhand von jahreszeitlichen Merkmalen zuordnen, wie z. B. Blüte, Reifegrad der Früchte, Färbung der Blätter. 3 Beispiele für die Verarbeitung von Beeren sammeln, die an Sträuchern wachsen. | Selbsteinschätzung S. 2

S. 16

Miteinander leben

Am Nachmittag können wir spielen oder ein Hobby ausüben.
Allein oder zusammen mit anderen machen wir das, was uns Spaß macht.

1 Male und schreibe.

Das mache ich in meiner Freizeit besonders gern:

mit anderen	lieber allein

Das Foto betrachten und die Situation beschreiben: Wer spielt miteinander? Was wird gespielt und wo? Macht das Spiel Spaß?
1 Zwei Freizeitaktivitäten oder Hobbys malen und schriftlich benennen. Überlegen, was man lieber mit anderen Kindern oder auch den Eltern unternimmt und welche Tätigkeiten sich besser allein ausüben lassen.

S. 11

Das mache ich gern

1 Betrachte die einzelnen Bilder. Was machen die Kinder?

2 Lies die Fragen zu den Bildern oben. Beantworte sie mithilfe der Bildnummern. Es können auch mehrere Bilder passen.

- Wo bewegen sich die Kinder viel? ___ ___ ___
- Wo wird etwas gestaltet? ___ ___ ___
- Wo benutzen die Kinder Medien? ___ ___ ___
- Wo entsteht ein Bild? ___ ___ ___
- Wo spielt Musik eine Rolle? ___ ___ ___

1 Erzählen, was die Kinder in ihrer Freizeit tun. Wenn es sich anbietet: über Geschlechterstereotype sprechen und hinterfragen.
2 Unterschiedliche Aspekte beleuchten: Interesse, Bewegung, Kreativität etc. Weitere Freizeitaktivitäten aus verschiedenen Bereichen (z. B. „Musik“ oder „Sport“) nennen. Thematisieren, warum eine ausgewogene Freizeitgestaltung wichtig für die Gesundheit ist.

3 Leo und Ben sind Freunde. Sie verbringen viel Zeit miteinander.
Was machst du mit deinem Freund oder deiner Freundin? Schreibe.

4 Befrage ein anderes Kind zu seinem liebsten Hobby.
Mach dir Notizen.

Dein liebstes Hobby

Was ist dein liebstes Hobby?	Was machst du bei diesem Hobby?
Wie oft übst du dein Hobby in der Woche aus?	Was macht dir daran Spaß?

3 Über gemeinsame Freizeitaktivitäten sprechen – ggf. auch bei unterschiedlichen körperlichen Voraussetzungen.
4 Ein Partnerkind zu einem Hobby befragen. Im Gespräch gemeinsame Interessen entdecken oder etwas über das Hobby des anderen erfahren. Mithilfe von Notizen kann das erworbene Wissen anschließend wiedergegeben werden.

S. 15

Gefühle

1 Was siehst du auf den Bildern?

2 Wie fühlen sich die Kinder?

3 Max ist neu in der Klasse.
Was können die anderen Kinder
zu Max sagen?

1 und **2** Die jeweilige Situation beschreiben. Die Gefühle der Kinder anhand der Körpersprache ablesen. Angenehme und unangenehme Empfindungen unterscheiden und als Teil unseres Wesens akzeptieren. **3** Sich in Max hineinversetzen. Was kann man tun oder sagen, damit er sich wohlfühlt? Ggf. von eigenen Erfahrungen als „Neuling" berichten (in der Klasse, im Sportverein ...).

S. 16

4 Dein Freund hat beim Spielen geschummelt. Was sagst du zu ihm?
Male die Sprechblase mit Buntstift aus. Begründe deine Auswahl.

Mit dir spiele ich nie wieder! Du bist nicht mehr mein Freund!

Das finde ich ungerecht. Das nächste Mal schummele ich auch.

Bitte halte dich an die Regeln! Das Spiel macht sonst keinen Spaß.

5 Diese Wörter drücken Gefühle aus.
Wähle zwei Gefühle aus und ergänze die Sätze.

traurig		glücklich		begeistert	
zufrieden		ängstlich		genervt	
wütend		stolz	X	aufgeregt	

Ich bin **stolz**, wenn ich ______.

Ich bin ______, wenn ich ______
______.

Ich bin ______, wenn ich ______
______.

4 Gerechtigkeitsempfinden thematisieren. Besprechen, welche Gefühle in den beispielhaften Reaktionen auf das Schummeln zum Ausdruck gebracht werden. Kennzeichnen, welche Reaktion man für angebracht hält. **5** Gefühle artikulieren. Weitere Beispiele sammeln (verlegen, verärgert ...). Überlegen: Welche Gefühle unterscheiden sich in Nuancen?

Wünsche

1 Du hast drei Wünsche frei. Male oder schreibe.

2 Was wünschst du jemandem, den du magst? Schreibe es ihm.

3 „Werbung weckt Wünsche." Diskutiert über diesen Satz.

1 Eigene Wünsche notieren oder malen. Über materielle und immaterielle Bedürfnisse sprechen. **2** Wünsche für andere formulieren. Ggf. selbst eine Karte für jemanden basteln und beschriften. **3** Erzählen, wo uns Werbung begegnet. Die Funktion von Werbung verstehen. Diskutieren: Weckt Werbung Begehrlichkeiten? Beeinflusst sie unser Kaufverhalten? | Selbsteinschätzung S. 2

Im Winter

Das Eichhörnchen hat eine Nuss ausgegraben.
Es ist kalt. Abends wird es früh dunkel.
Im Dezember feiern wir Feste mit vielen Lichtern.

1 So überstehen die Tiere den Winter. Ordne jeden Satz dem passenden Tier zu.

Winterruhe

Winterstarre

Winterschlaf

Ich schlafe den ganzen Winter lang.

Ich verkrieche mich. Mein Körper wird starr.

Ich schlafe, wache aber zum Fressen auf.

Das Foto betrachten. Über das Eichhörnchen im Winter sprechen: Es stöbert die Nahrungsvorräte auf, die es im Herbst versteckt hat. Vom Einstiegstext inspiriert erzählen, was man mit der Jahreszeit Winter verbindet. **1** Erkennen, dass Tiere unterschiedliche „Strategien" haben, um die kalte und karge Jahreszeit zu überstehen. Die Überwinterungsformen weiterer Tiere besprechen (Vogelzug, Winterfell ...).

S. 11

Das Wetter beobachten

Im Wetterbericht zeigen Wetterzeichen an, wie das Wetter ist oder werden wird.
Das Bild hier zeigt zum Beispiel Regen und Gewitter im Norden Deutschlands an.

1 Male diese Wetterzeichen in die Tabelle: 

Bewölkung: Scheint die Sonne?			Niederschlag: Was kommt aus den Wolken?		
sonnig und wolkenlos	sonnig und wolkig	von Wolken bedeckt	Regen	Schnee	Hagel

2 Beobachte das Wetter täglich zur selben Uhrzeit.
Male die passenden Wetterzeichen in die Tabelle.

Wetterbeobachtung

Woche vom __________ bis zum __________ Uhrzeit: ☐☐ : ☐☐

Tag	Mo	Di	Mi	Do	Fr
Datum					
Bewölkung					
Niederschlag					

Text und Bild im Infokasten in Bezug setzen. 1 Die Bewölkung als Bedeckung des Himmels durch Wolken erklären. Die Niederschläge als Wasser (in flüssiger und fester Form) erklären, das aus den Wolken auf die Erde fällt. Die Wetterzeichen einzeichnen. 2 Das Wetter einmal täglich zur selben Uhrzeit in der Tabelle dokumentieren. Die Ergebnisse können mit Wetterberichten in den Medien abgeglichen werden.

S. 5, 7, 11

3 Ein Thermometer zeigt an, wie warm oder kalt es ist.
Die Temperatur wird in Grad Celsius angegeben: °C.

Nehmt eine Temperaturmessung vor.
Zeichne die Flüssigkeit in die Thermometer ein.
Schreibe die Grad Celsius darunter.

Wir messen die Temperaturen innen und außen.		
Uhrzeit	10.00 Uhr	
Datum	☐☐.☐☐	
Ort	Klassenraum	Schulhof
Gradeinteilung (Skala) plus (+) Gefrierpunkt Schmelzpunkt (0°C) minus (–) Glasröhrchen mit Flüssigkeit	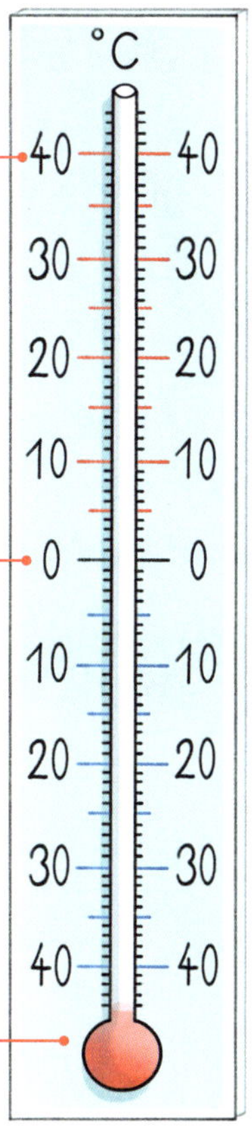	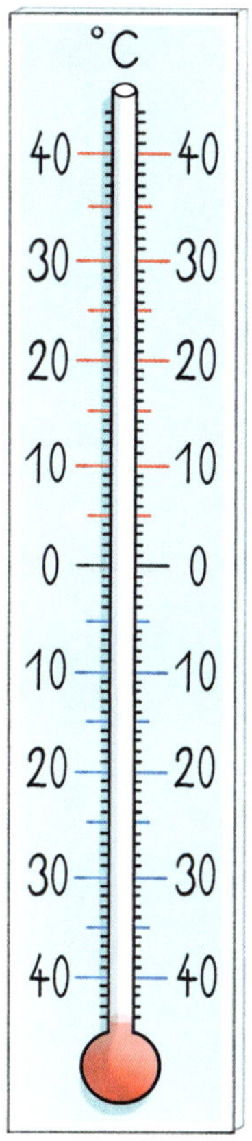
Temperatur als Zahl	°C	°C

4 Vergleicht die Temperaturen von Schulhof und Klassenraum.
Weichen sie voneinander ab? Um wie viel Grad?

3 Einen Tag für die Beobachtungen festlegen. Innen- und Außentemperaturen zur selben Uhrzeit messen. Den Flüssigkeitsstand in die abgebildeten Thermometer einzeichnen. Die Grad Celsius zusätzlich als Zahlen eintragen. **4** Die Temperaturen vergleichen und auswerten. Über den Nutzen von Temperaturangaben sprechen und verschiedene Thermometer vorstellen und vergleichen.

S. 7

Feuer – Nutzen und Gefahren

1 Betrachte das Bild. Was entdeckst du alles?

2 Ergänze den Text mit den passenden Wörtern.

behaglich	Feuer	bäckt	Licht	warm

Die Leute versammeln sich am ______________.

Dort ist es ______________ und ______________.

Das Feuer spendet ein warmes ______________.

Ein Kind ______________ Stockbrot über dem Feuer.

1 Das Bild besprechen: Jahreszeit, Temperatur, möglicher Anlass der Zusammenkunft ... Erzählen, welche Assoziationen das lodernde Feuer weckt. 2 Die positiven Aspekte eines Feuers erfassen. Über eigene Erfahrungen sprechen. Ggf. das Thema ausweiten: Welche Vorteile hatte das Feuer dem Menschen in der Urzeit gebracht (Garen von Nahrung, Schutz vor Raubtieren ...)?

S. 2

3 Erzähle die Bildergeschichte nach.

4 Was meint der Vater, wenn er sagt: „Das hätte böse ausgehen können!“?

5 Was wird die Familie am zweiten Advent anders machen?

3 Die Bildergeschichte betrachten und lesen. Erzählen, was in der Geschichte passiert. 4 Sich der Gefahr bewusst werden, die von einem Feuer ausgehen kann. Mögliche Auswirkungen des Brandes bedenken und besprechen. 5 Vorsichtsmaßnahmen überlegen und sammeln: Feuer nie unbeaufsichtigt lassen, leicht Brennbares vom Feuer fernhalten, Wasser bereithalten.

S. 16

Lichterglanz

1 Male die Weihnachtssterne in leuchtenden Farben aus.

2 Wo kann man Weihnachtslichter sehen? Ergänze die Beispiele.

Schwibbogen

am Schwibbogen

an der Weihnachtspyramide

am Advents k

3 Lies den Text.
Welches Bild zeigt eine natürliche Lichtquelle? Schreibe sie auf.

Von einer Lichtquelle geht Licht aus.
Lichtquellen, die in der Natur vorkommen, nennt man **natürliche Lichtquellen**.
Von den Menschen gemachte Lichtquellen sind **künstliche Lichtquellen**.

Polarlicht

natürliche Lichtquelle:

Weihnachtsstern

1 Die Sterne in möglichst hellen, aber kräftigen Farben ausmalen, evtl. Textmarker verwenden. Über das Licht als Zeichen der Hoffnung sprechen. **2** Von Lichtertraditionen in der Weihnachtszeit erzählen. **3** Weitere Beispiele für natürliche oder künstliche Lichtquellen überlegen. Das Bild in Aufgabe 2 zeigt z. B. eine künstliche Lichtquelle. | Selbsteinschätzung S. 2

S. 11

Das tut mir gut

Ich achte auf meine Gesundheit.
Ich ernähre mich abwechslungsreich.
Ich trinke jeden Tag genug Wasser.
Ich bewege mich viel an der frischen Luft.

1 Was tust du, damit du gesund bleibst? Schreibe und male.

Das Foto betrachten. Die Energie und Freude der Kinder wahrnehmen. Verstehen, dass Bewegung zum Wohlbefinden der Kinder beiträgt. Das Spielen an der „frischen Luft" dient zugleich als Ausgleich zum Sitzen am Schreibtisch und zum Medienkonsum. **1** Aspekte aus dem Einstiegstext aufgreifen und ggf. konkretisieren oder andere gesundheitsfördernde Maßnahmen aufschreiben und malen.

S. 11

Essen und trinken

1 Was ist dein Lieblingsessen?
Male und schreibe.

2 Fülle die Übersicht zu deinen Ess- und Trinkgewohnheiten aus.
Sprich mit anderen: Ernähre ich mich gesund?

1. Ich esse oder trinke oft:

☐ ☐ ☐ ☐ ☐ ☐

2. Ich esse etwa zu dieser Zeit: 07:00

Frühstück um __:__ **Mittagessen um** __:__ **Abendessen um** __:__

3. Ich esse oft so:

☐

☐

1 Das Lieblingsessen auf den Teller malen. Den Namen des Gerichtes aufschreiben. 2 Eigene Ess- und Trinkgewohnheiten eintragen und im Gespräch bewerten. Obst, Gemüse und Wasser sollten reichlich zu sich genommen werden, süße Snacks und zuckerhaltige Getränke dagegen sparsam konsumiert werden. Regelmäßige Mahlzeiten, bei denen sich Zeit genommen wird, sind wichtig.

S. 7

3 Lebensmittel lassen sich in Gruppen einteilen. Male oder schreibe zu jeder Gruppe ein weiteres Lebensmittel.

ungesüßte Getränke	Obst	Gemüse
	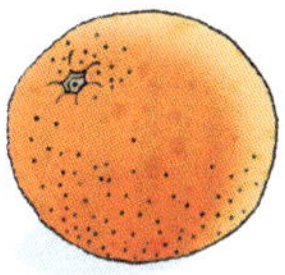	

Kartoffeln, Getreide, Getreideprodukte	Milch und Milchprodukte	Fleisch, Eier, Fisch

Fette, Öle, Nüsse	Süßes und Knabbereien

Die Farben zeigen, wie oft wir täglich von welcher Gruppe essen sollten.

- dunkelgrün: reichlich
- hellgrün: nicht ganz so reichlich
- gelb: mäßig
- rot: sparsam (auf Süßes und Knabbereien auch mal verzichten)

3 In jeder Lebensmittelgruppe ein Lebensmittel zeichnerisch oder schriftlich ergänzen. Beachten, dass die Zuordnung einiger weniger Lebensmittel nicht gleich offensichtlich ist (so zählt Butter aufgrund des hohen Fettgehalts in die Gruppe „Fette", nicht „Milchprodukte"). Die Farben um die Gruppen und die dazugehörige Legende sollen eine erste Orientierung bieten.

Die fünf Sinne

1 Betrachte das Bild. Was entdeckst du alles?

2 Lies den Text. Welche Sinne nutzen die Familienmitglieder bei ihren Tätigkeiten? Kreise die Sinne in der passenden Farbe ein.

Riechen	Tasten	Sehen	Hören	Schmecken

Heute backen alle eine Pizza. Luis knetet den Hefeteig.
Das fühlt sich gut an.

Matteo schiebt sich ein Stück Tomate in den Mund. Hm, lecker!

Papa singt ein Lied. Lotte hält sich die Ohren zu.

Mama überlegt, welche Kräuter sie nehmen soll. Der Thymian riecht besonders gut!

Wie hoch soll die Backtemperatur sein? Karla liest im Rezept nach. Da steht es: 200 Grad. Alle freuen sich auf das Essen!

1 Das Bild beschreiben: Was machen die einzelnen Familienmitglieder? Die fröhliche Atmosphäre beim gemeinsamen Zubereiten der Mahlzeit wahrnehmen. Überlegen: Ist dies eine alltägliche Situation? **2** Die oben angegebenen fünf Sinne in der jeweils passenden Farbe umrahmen. Die Sinnlichkeit des Essens wahrnehmen, wie den Geschmack der Tomaten oder den Duft der Kräuter.

S. 2

3 Das sind unsere Sinnesorgane. Wofür brauchen wir sie?

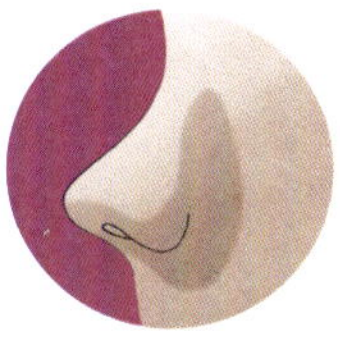

Nase

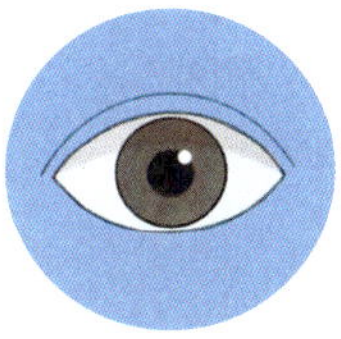

Auge

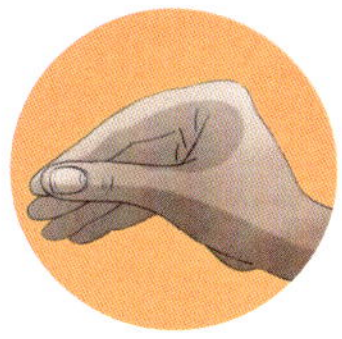

Haut

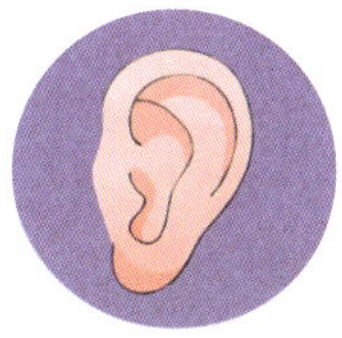

Ohr

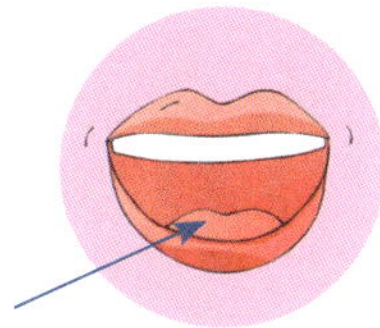

Zunge

4 Lärm schadet dem Ohr. Erzähle, was alles Lärm sein kann und wie du dich davor schützen kannst.

5 Dilek und Simon sind gehörlos.
Sie unterhalten sich mithilfe ihrer Hände.
Für die Worte benutzen sie verschiedene Zeichen. Man kann mit den Händen auch Buchstaben bilden.

Sucht das deutsche Fingeralphabet im Internet heraus.
Trage die Buchstaben ein. Was steht hier?

3 Die Begriffe „Sinne“ und „Sinnesorgane“ voneinander unterscheiden. **4** Besprechen, was Lärm ist, und wie man sich davor schützen kann. **5** Thematisieren, dass Sinnesleistungen fehlen oder beeinträchtigt sein können. Ausgleichsmöglichkeiten kennenlernen. Mithilfe eines Erwachsenen das deutsche Fingeralphabet im Internet heraussuchen. Die angezeigten Buchstaben eintragen und nachbilden.

Mein Körper

1 Ergänze die Körperteile von Mädchen und Junge.

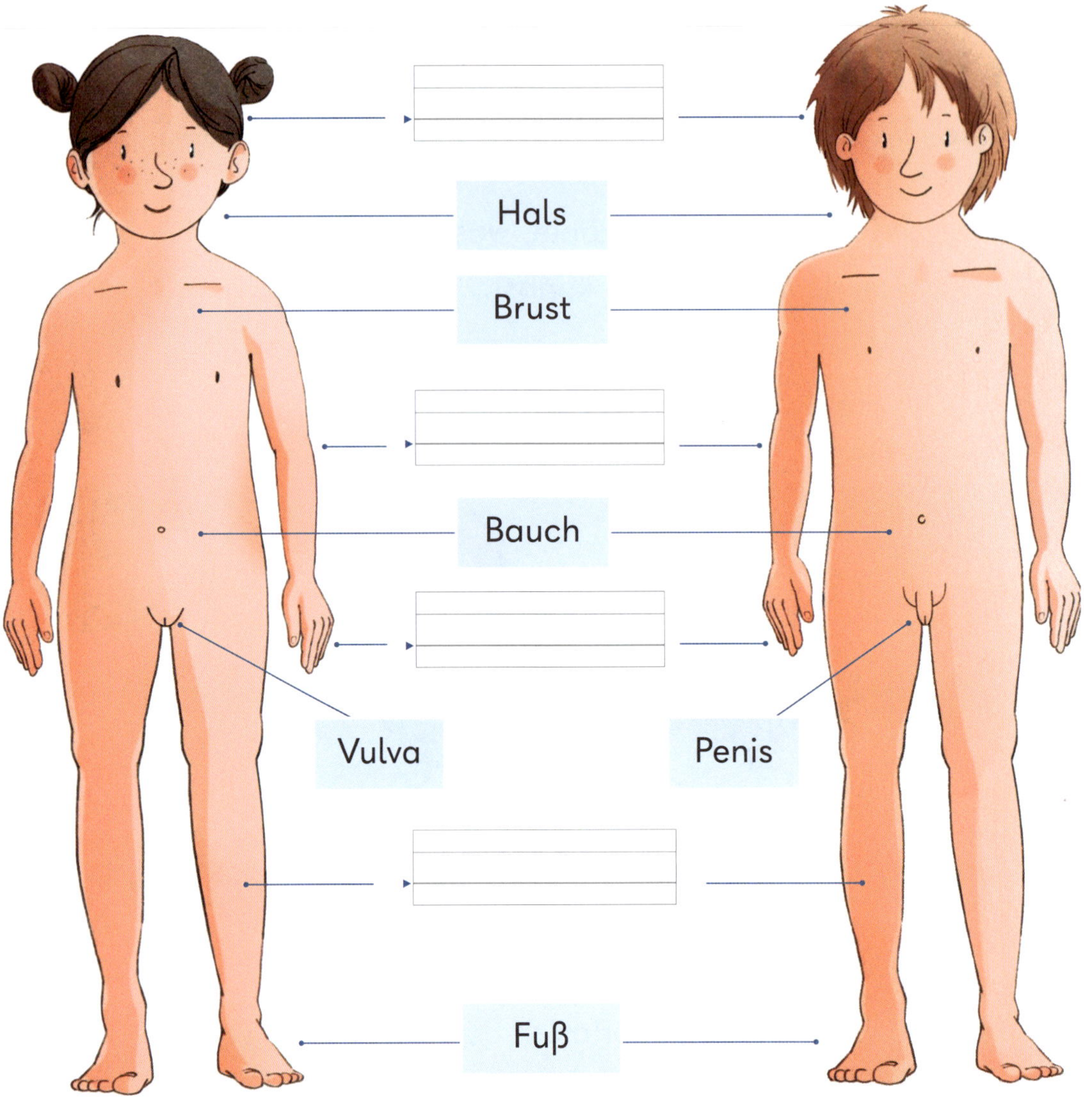

2 „Jeder Mensch ist einzigartig."
Was meinst du dazu?

1 Den Körperbau von Mädchen und Junge vollständig beschriften. (Der Begriff „Vulva" bezeichnet das äußere weibliche Geschlechtsorgan, der Begriff „Scheide" das innere weibliche Geschlechtsorgan.) **2** Überlegen, was einen Menschen einzigartig macht, und sich darüber austauschen. Akzeptanz für die Vielfalt von Körpern schaffen.

3 Auf welchen Bildern fühlen sich die Kinder wohl? Auf welchen nicht?
Male ☺ oder ☹ in die Kreise. Begründe deine Einschätzung.

4 Was sagst du, wenn du nicht berührt werden möchtest?
Ihr könnt das gemeinsam in der Klasse üben.

3 und **4** Angenehme von unangenehmen Situationen unterscheiden, bei denen es um die Nähe zu anderen Menschen geht. Über das angemessene Maß von Nähe und Distanz sprechen. Gefahren ansprechen, die von anderen Menschen ausgehen können. Deutliche Worte finden, um Missfallen auszudrücken bzw. um sich zu wehren. Personen des Vertrauens in schwierigen Situationen kennen und benennen.

S. 16

Das bin ich

1 Fülle den Steckbrief aus. ◯
Male ein Bild von dir oder klebe ein Foto von dir auf.

2 Vergleiche deinen ausgefüllten Steckbrief mit dem eines Partnerkindes. ◯
Was ist anders? Gibt es auch Gemeinsamkeiten?

Mein Name

....

Mein Geburtstag

....

Haarfarbe

....

Augenfarbe

....

Größe

.... m

Das macht mich froh

....

....

....

....

....

....

Das finde ich an mir gut

....

....

....

....

3 Stell dir vor, dass du dich für einen Tag in jemand anderen verwandeln könntest: Wer würdest du sein? ◯

1 Einen persönlichen Steckbrief ausfüllen. **2** Im Austausch erkennen, dass sich die Menschen bezüglich Körpermerkmale und Wesen unterscheiden, es aber auch Gemeinsamkeiten gibt. **3** Gedanklich in die Rolle eines anderen schlüpfen (Verwandter, berühmte Persönlichkeit, fiktiver Charakter ...). Erzählen, was einem an der gewählten Figur anspricht und interessiert. | Selbsteinschätzung S. 2

S. 10

Im Frühling

Die Obstbäume und Frühblüher blühen.
Ihr Duft und ihre Farben locken Insekten an.
Bienen, Hummeln und Schmetterlinge fliegen von Blüte zu Blüte und nehmen den Nektar auf.

1 Welche Frühblüher kennst du schon? Erzähle, in welchen Farben sie blühen.

Das Foto betrachten und mutmaßen, zu welcher Pflanze die Blüten gehören (Apfelbaum). Überlegen, was die Biene macht: Sie ernährt sich vom Nektar in der Blüte. Erfahren, wie Blumen Insekten anlocken (Duft, Farben der Blüten). **1** Erzählen, welche Frühblüher bereits bekannt sind und in welchen Farben sie blühen können. Auf dem Bild abgebildet: Narzisse, Märzbecher, Hyazinthe, Krokus.

S. 2, 11

Auf der Streuobstwiese

1 Betrachte das Bild. Was entdeckst du alles?

2 Verwende die Namen dieser Tiere und Pflanzen beim Beschreiben des großen Bildes.

Wiesenkerbel

Wiedehopf

Schwalbenschwanz

Wiesensalbei

1 Den Begriff „Streuobstwiese“ kennenlernen und verstehen, dass diese Form des Obstanbaus einen wichtigen Lebensraum für Tiere und Pflanzen darstellt. Der Baum in der Mitte des Bildes zeigt eine Kirsche, im Hintergrund stehen Birne (links) und Apfel (rechts). Blütezeit der Kirsche: April, Mai. **2** Die vier Tier- bzw. Pflanzennamen bei der Beschreibung des Bildes mit einfließen lassen.

S. 2, 4

3 Beschrifte das Bild.

So ist eine Kirschblüte aufgebaut. Ergänze die Teile:

- Kronblatt
- Kelchblatt
- Fruchtknoten

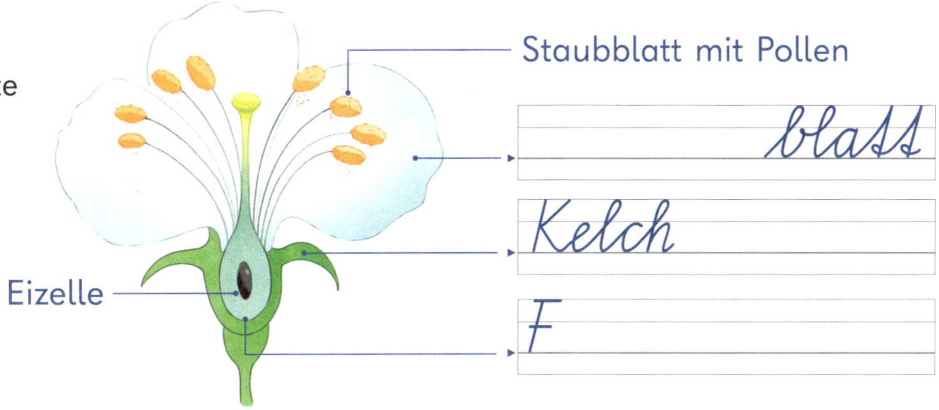

4 Ergänze die Sätze passend zu den Bildern.

1 Am Körper der B ________ bleibt Pollen kleben.

2 Die Biene trägt den Pollen zur nächsten B ________.

3 Der P ________ wandert zur Eizelle in den Fruchtknoten.

4 Der F ________ wird dicker.

5 Schreibe und male.

Aus dem Fruchtknoten wird eine rote ________.

3 Den Querschnitt einer Kirschblüte betrachten. **4** Mithilfe der Bildfolge die Bestäubung der Blüte durch Insekten als eine Voraussetzung für die Fruchtbildung nachvollziehen. Den Sachinhalt mündlich vertiefen: Nur wenn der Pollen die Eizelle im Fruchtknoten befruchtet, bildet sich die Frucht. **5** Den Satz vervollständigen („Kirsche") und das Bild ausmalen.

S. 16

Wie Bohnen wachsen

1 So wächst die Feuerbohne. Was siehst du auf den Bildern?

Ein Samen der Feuerbohne keimt.

Die Feuerbohne wächst und blüht.

Die Feuerbohne bildet Hülsenfrüchte.

In den Hülsen liegen die Samen.

2 Male das Bild aus und beschrifte es.

- Samen
- Hülse

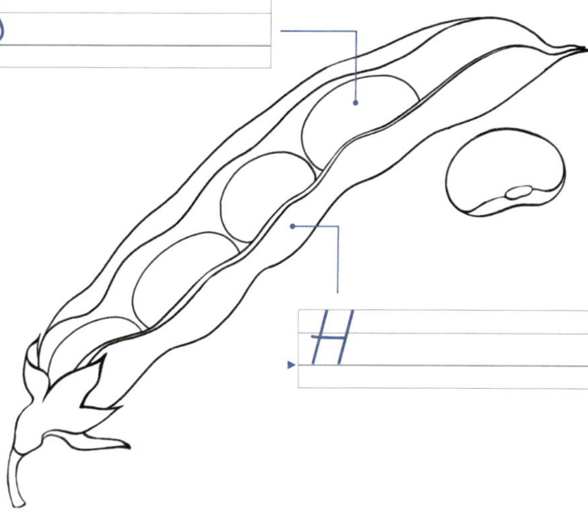

3 Untersucht die Feuerbohne.

Wir weichen die Samen ein

Ihr braucht:

- Feuerbohnen
- 1 Glas Wasser

Geht so vor:

- Legt die Bohnen einen Tag ins Wasser.

Was beobachtet ihr?

Die Samen

1 Die Feuerbohne beschreiben: 1. Keimling noch ohne Blüten und Hülsenfrüchte; 2. leuchtend rote Blüten; 3. Rankpflanze mit grünen, länglichen Hülsenfrüchten; 4. zerteilte Hülsen mit rötlichen, schwarz-braun gesprenkelten Bohnensamen. **2** Am besten eine mitgebrachte Bohnenhülse als Vorlage verwenden. Das Bild beschriften. **3** Bohnen einweichen. Die Samen quellen auf.

S. 8

4 Was brauchen Bohnen zum Wachsen? Führt einen Versuch durch. ◯

Ihr braucht:

- 4 Töpfe mit Erde
- Wasser zum Gießen
- Haube zum Bedecken
- Samen der Feuerbohne aus Aufgabe 2

Geht so vor:

- Drückt in jeden Topf vier Samen in die Erde – etwa 2 cm tief.
- Stellt die Töpfe an 1 2 3 4 Orten auf, wie unten gezeigt.
- Geht 14 Tage lang so vor, wie unter den Bildern beschrieben steht. Aufgepasst: An den Orten 1, 3 und 4 nicht stark gießen, sondern die Erde feucht halten.

1

am Fenster, gießen ◯

2

am Fenster, nicht gießen ◯

3

im Dunklen, gießen ◯

4

im Kühlschrank, gießen ◯

- Beobachtet, wie sich die Bohnen entwickeln. Nach 14 Tagen malt ihr die Kreise unter den Bildern aus:

Die Bohne ist gewachsen. (grün)	Die Bohne ist etwas gewachsen. (gelb)	Die Bohne ist nicht gewachsen. (rot)

Ergebnis:

Zum Wachsen braucht eine Bohne:

____

4 Feuerbohnen säen und die Wachstumsbedingungen von Pflanzen (Erde, Licht, Wärme, Wasser) durch einen Versuch herausfinden. Aufgequollene Bohnensamen nehmen; sie keimen besser. Schlussfolgerungen für die Anzucht von Pflanzen ziehen. Die Entwicklung der gesäten Feuerbohnen kann zusätzlich mithilfe von Fotos oder eines Protokolls (siehe Wegweiser S. 9) dokumentiert werden.

S. 7, 8, 9

Die Blaumeise brütet

1 Wozu brauchen Blaumeisen diese Dinge? ○

Moos

Gras

Federn

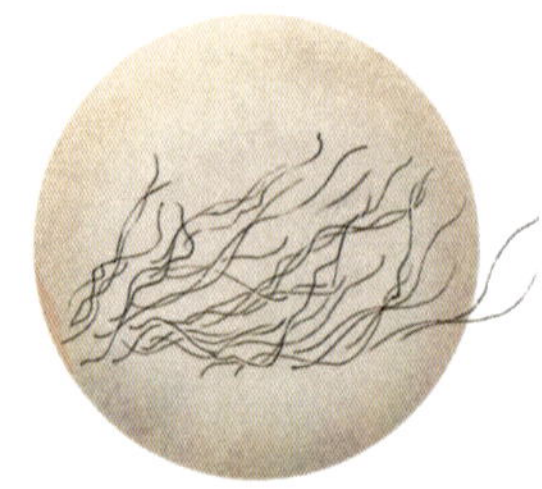

Tierhaare

Lösung: Sie bauen daraus ein Nest.

2 Lies den Text und ergänze die richtigen Wörter. ○

Nest Tagen wärmt

Die  bauen ein 

Das Weibchen legt Eier in das ________.

Das Weibchen sitzt auf den  und ________ sie.

Nach 14 ________ sind die kleinen  da.

1 Mit einem Spiegel die Lösung überprüfen: Die vier Dinge dienen der Blaumeise als Nistmaterial. Im Anschluss könnten Fotos von Nestern von Blau- und Kohlmeise im Vergleich angesehen werden. Über die Nistgewohnheiten von Meisen sprechen (Höhlenbrüter). **2** Den Text über das Brutverhalten der Blaumeise lesen. Die durch Bilder ersetzten Begriffe verbalisieren. Drei Wörter passend ergänzen.

3 Vom Ei zum Vogel: Klebe die Bilder in der richtigen Reihenfolge auf.

Seite 95

Seite 95

Seite 95

1 2 3 4

4 Ein Meisenjunges schlüpft. Sortiere zunächst die Sätze von 1 bis 4.
Die aufgeklebten Bilder in Aufgabe 3 helfen.
Schreibe die Sätze dann in der richtigen Reihenfolge ab.

	Das Ei liegt im Nest.
	Der Jungvogel ist noch nackt und blind.
	Der Jungvogel schlüpft aus dem Ei.
	Der Jungvogel kann sehen und hat Federn.

1 ______________________

2 ______________________

3 ______________________

____

4 ______________________

____

3 Die Bilder zum Schlupfprozess und zur Entwicklung eines Jungvogels (hier: Blaumeise) ausschneiden und in der richtigen Reihenfolge aufkleben. 4 Die Sätze in der richtigen Reihenfolge nummerieren. Die aufgeklebten Bilder in Aufgabe 1 vereinfachen das Sortieren der Sätze. Anschließend die Sätze in der richtigen Reihenfolge abschreiben.

S. 16

Die Zugvögel sind zurück

1 Nach dem kalten Winter sind die Zugvögel zurück. Welcher Vogel gehört zu welchem Nest? Ordne zu.

1

Der Kuckuck legt sein Ei in das Nest eines anderen Vogels.

2

Die Singdrossel baut ihr Nest in einer Astgabel.

3

Die Rauchschwalbe formt ihr Nest aus Lehm.

4

Der Weißstorch nistet oft auf Dächern.

1 Die vier Zugvögel unten auf der Seite betrachten und in Erfahrung bringen, wo sie den Winter verbringen. Über die Nistgewohnheiten der einzelnen Vögel lesen und die abgebildeten Nester dementsprechend zuordnen. Das Kuckucksei (hier im Nest eines Teichrohrsängers) kann anhand seiner Größe identifiziert werden.

S. 16

2 In Deutschland gibt es zwei Storcharten. Ergänze.

Schwarz

storch

3 Erkundige dich über den Weißstorch. Fülle den Steckbrief aus.

Der Weißstorch

Aussehen

Lebensraum

Winterquartier

Nahrung

2 Die äußerlichen Unterschiede zwischen den beiden Storcharten wahrnehmen und die Namen ergänzen. Anders als der Weißstorch hält sich der Schwarzstorch von Dörfern und Städten fern. Er bewohnt Laub- und Mischwälder sowie waldnahe Feuchtwiesen. **3** Den Steckbrief ausfüllen. Dafür Erkundungen in Sachbüchern oder über eine Kindersuchmaschine im Internet einholen.

S. 10

Die Natur sauber halten

1 Was ist hier passiert?

2 Was machen die Leute, damit die Natur sauber bleibt? Ordne zu.

Eigenen Abfall mitnehmen und zu Hause entsorgen.	Frühjahrsputz-Aktion	Mülleimer benutzen

3 Mancher Müll ließe sich vermeiden. Überlegt euch weitere Beispiele.

1 Die Situation beschreiben. Sich bewusst werden, dass Müll in der Natur eine Gefahr für Tiere darstellen kann. **2** Die Bilder zuordnen. Sie zeigen, wie die Umwelt von Müll verschont oder befreit wird. Sich über gemeinschaftliche, von Erwachsenen organisierte Putzaktionen erkundigen. **3** Beispiele überlegen, wie sich Müll vermeiden lässt (Wiederverwendung und Recycling). | Selbsteinschätzung S. 2

Tiere im Stall und auf der Weide

Manche Tiere nutzen wir für unsere Ernährung, unsere Kleidung oder als Zugtiere.
Wir nennen sie Nutztiere.
Nutztiere leben meistens auf Bauernhöfen.

1 Was tut die Henne?

1

2

3

4

5

6

Das Foto betrachten, das die Begegnung von Kindern mit „klassischen" Bauernhoftieren zeigt. Ansprechen, dass Kühe heutzutage nicht mehr in allen landwirtschaftlichen Betrieben Weidegang haben. Das Wort „Nutztier" verstehen. **1** Die Bilder zeigen eine Tierhaltung, die die Bedürfnisse eines Huhns berücksichtigt. Es sitzt auf der Stange, schläft, pickt Körner, scharrt im Sand, brütet und ist bei seinen Küken.

S. 11

Tiere auf dem Bauernhof

1 Betrachte das Bild. Was entdeckst du alles?

2 Welche Tiere siehst du auf dem großen Bild? Schreibe.

Rind

Schaf

Schwein

Huhn

1 Die Tiere benennen und ihre Unterbringung beschreiben. Darüber sprechen, warum Landwirte diese Tiere halten (Nahrungsmittel wie Fleisch, Milch, Eier oder Rohstoffe für Bekleidung wie Leder, Wolle). Auf dem Bauernhof werden nicht nur Tiere gehalten, sondern auch Nutzpflanzen auf Feldern angebaut. 2 Die passenden Tiernamen unter die Bilder schreiben.

S. 2

3 Warum halten Menschen Hühner? Schreibe.

Wir nutzen von Hühnern

die ____________

und das ____________.

4 Lies den Text.
Beschrifte die Bilder mit den hervorgehobenen Wörtern.

Das männliche Rind nennt man **Bulle** oder Stier.
Das weibliche Rind nennt man **Kuh**.
Die Kuh hat ein Euter.
Wenn die Kuh ein **Kalb** geboren hat, entsteht Milch in ihrem Euter.

____

____

____

3 Die Worte „Eier“ und „Fleisch“ ergänzen. Das Wort „Federn“ wäre ebenfalls möglich, allerdings werden für die Füllung von Kissen und Winterjacken meist Gänsefedern benutzt. 4 Die Elterntiere und das Jungtier beschriften. Begreifen, dass die Milch einer Kuh zur Ernährung des Kalbes gebildet wird. Wenn die Kuh gemolken wird, erhält das Kalb ersatzweise Milch aus der Flasche.

S. 11

Rinderhaltung

1 Vom Rind erhalten wir Fleisch und Milch.
Was wird aus Milch hergestellt? Kreuze an.

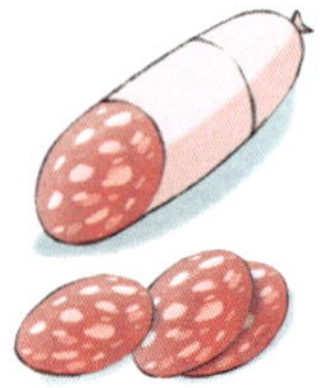

2 Fühlen sich die Rinder ☺ oder ☹? Vergleiche.

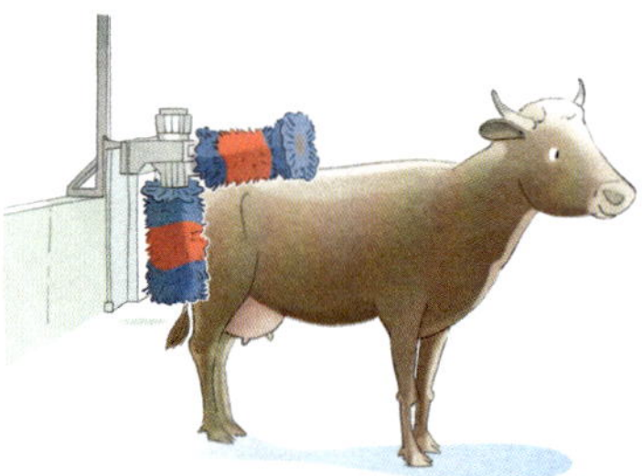

1 Über tierische Produkte und deren Bedeutung für den Menschen sprechen. Ggf. weitere Beispiele überlegen (Leder, ...). Die Lebensmittel ankreuzen, die Milch enthalten: Quark, Schokolade, Käse, Butter. **2** Das jeweils linke Bild mit dem Bild rechts davon in Bezug auf Sauberkeit, Bewegungsfreiheit und Ausstattung des Stalls vergleichen.

S. 16

Milchkühe

Kühe, die wegen ihrer Milch gehalten werden, nennt man auch Milchkühe.
Heute werden die Kühe kaum noch von Hand gemolken. Man verwendet Maschinen.

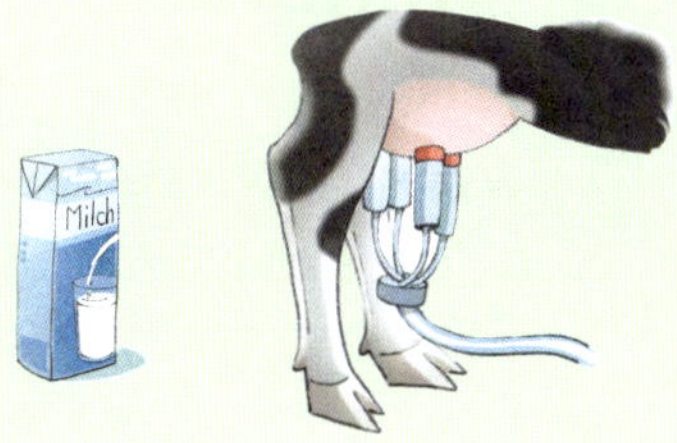

3 Lies den Text. Beantworte die Fragen.

Auf manchen Bauernhöfen stehen die Kühe auf der Weide.
Dort können sie sich bewegen und frisches Gras und Kräuter fressen.
Vor allem in Großbetrieben hält man die Kühe dagegen im Stall.
Sie werden mit Gras, Heu und Kraftfutter gefüttert.
Auf diese Weise geben sie mehr Milch als Kühe auf der Weide.

Kühe auf der Weide

Stallhaltung im Großbetrieb

Wo können sich Kühe mehr bewegen?	
☐ im Stall	☐ auf der Weide
Welche Kühe geben mehr Milch?	
☐ Kühe in Weidehaltung	☐ Kühe in Stallhaltung in einem Großbetrieb

Die Information über Milchkühe lesen. **3** Weidehaltung und Stallhaltung von Kühen mithilfe von Bild und Text vergleichen und Vor- und Nachteile für die Tiere bzw. für den Landwirt ableiten. Sich darüber hinaus über die Haltungsformen informieren. So gibt es neben Weide- und reiner Stallhaltung auch Laufhöfe, die an Ställen angebaut werden.

S. 11

Bienen

1 Was gewinnen wir von der Biene?

2 Male die Biene aus.

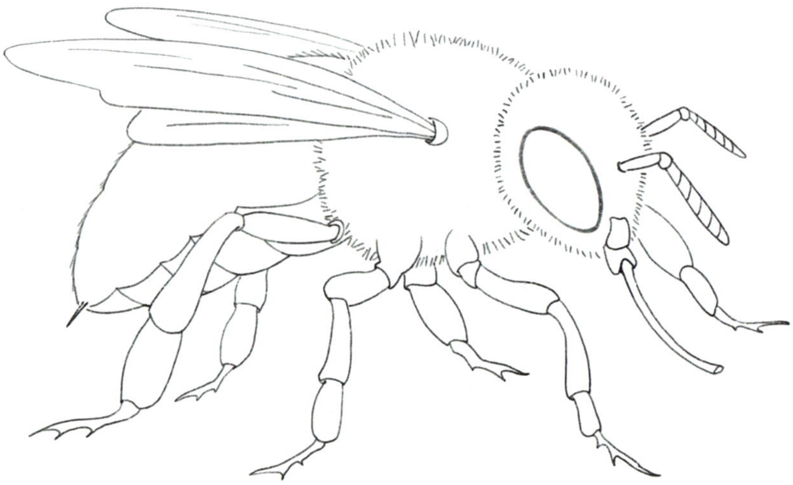

3 Was gehört zu einer Biene? Kreuze an.

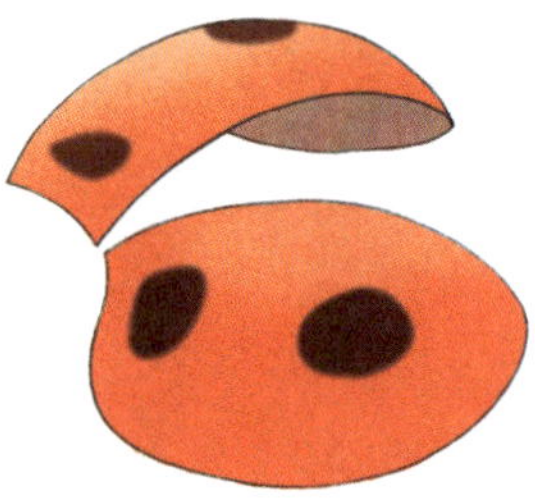

1 Das Wort „Honig“ eintragen. Auch die Biene gilt als Nutztier. **2** Die Biene ausmalen. **3** Ankreuzen, was zum Körper einer Biene gehört. Die obere Reihe zeigt von links: Flügel eines Marienkäfers, Flügel der Biene, Kopf der Biene. Die untere Reihe zeigt von links: Brust und Hinterleib der Biene, Hinterbein der Biene mit Pollen, Flügel eines Schmetterlings. | Selbsteinschätzung S. 2

Wir lernen Räume kennen

Räume können in einem Haus,
in einem Ort oder in der Natur sein.
Ein Klassenraum ist so ausgestattet,
dass wir gut in ihm lernen können.

1 Betrachte den Klassenraum von deinem Sitzplatz aus.
Welche Dinge siehst du?

links von dir: ____________________

rechts von dir: ____________________

vor dir: ____________________

hinter dir: ____________________

Das Foto betrachten. Einen Raum perspektivisch wahrnehmen: Worauf schaut das Mädchen von seinem Sitzplatz aus? Wo stand der Fotograf des Bildes? Besprechen, womit ein Klassenraum ausgestattet sein sollte. **1** Die Lage von Gegenständen im Klassenraum vom Sitzplatz aus bestimmen und aufschreiben. Mit den Eintragungen der anderen Kinder vergleichen.

S. 11

Der Klassenraum als Modell

1 Kinder haben ein Modell von ihrem Klassenraum erstellt. Wie haben sie das gemacht?

2 Bastele aus Tonpapier einen Stuhl, einen Tisch und einen Papierkorb.

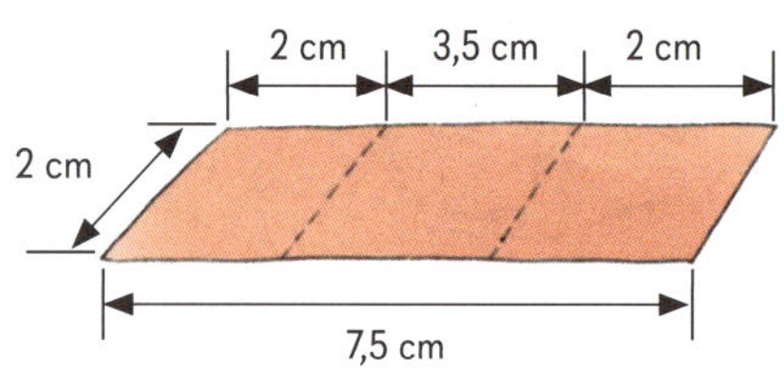

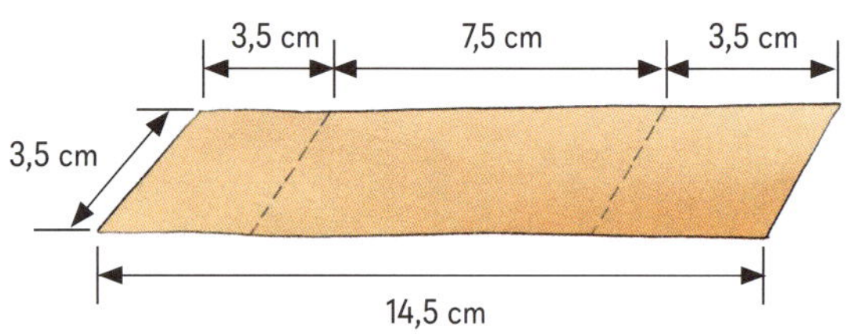

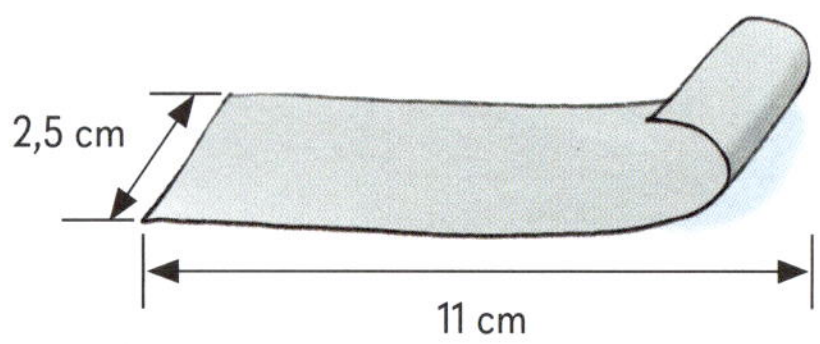

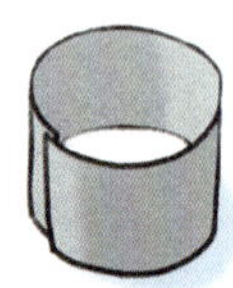

1 Überlegen, aus welchen Materialien das auf wenige Möbel reduzierte Klassenzimmer in Miniatur gebastelt wurde und welchen Nutzen Modelle haben. Die Gegenstände im Modell verorten. 2 Drei einfache Möbelstücke nachbasteln. Wenn gewünscht, können in Gruppenarbeit ganze Klassenraum-Modelle nach Beispiel von Aufgabe 1 gestaltet werden.

S. 12

3 Ein Grundriss zeigt, wie Dinge von oben betrachtet aussehen.
Von einem Modell kannst du so den Grundriss zeichnen.

Stelle den Gegenstand auf ein Blatt Papier.

Umfahre den Gegenstand mit einem Stift.

Entferne den Gegenstand. Du siehst seinen Grundriss.

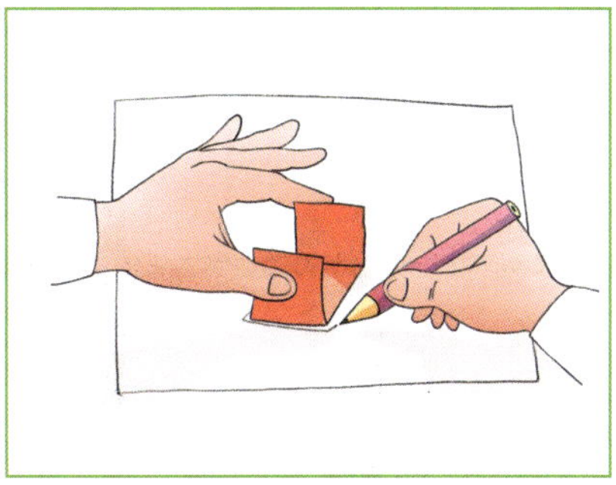

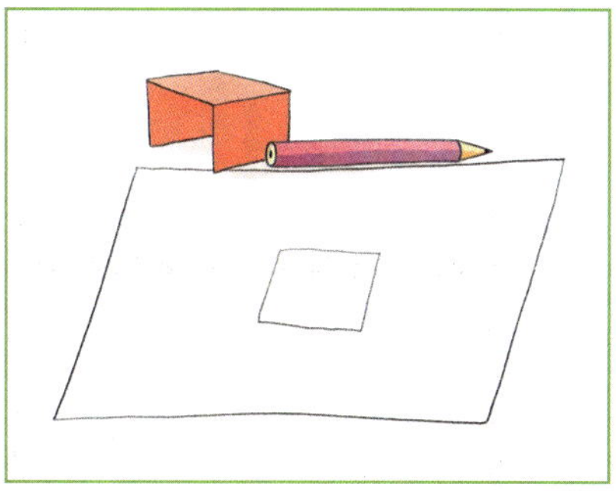

4 Wie sähen diese vier Modelle von oben betrachtet aus?
Zeichne ihren Grundriss.

Tisch

Stuhl

Schrank

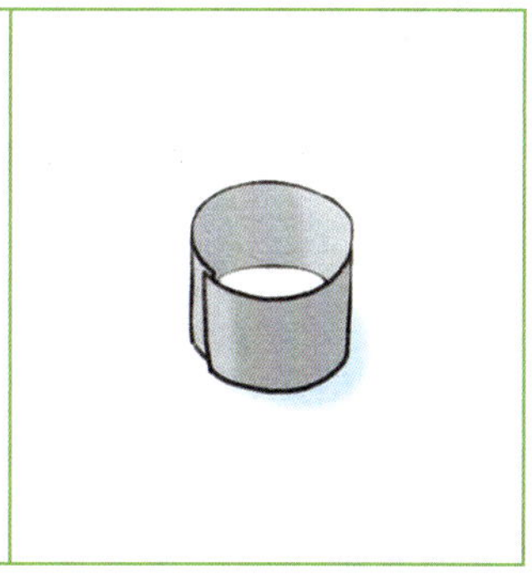

Papierkorb

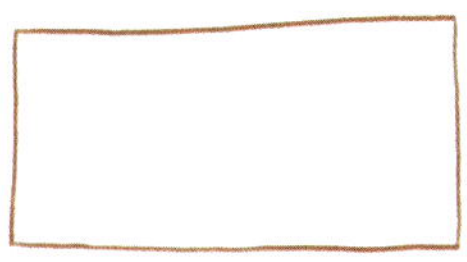

3 Erste Vorstellungen vom Begriff „Grundriss“ entwickeln. Die in Aufgabe 2 gebastelten Papiermöbel wie gezeigt nachspuren; alternativ können einfache Alltagsgegenstände wie z. B. ein Glas oder eine Schachtel verwendet werden. **4** Grundrisse von schlichten Modellen zeichnen. Sich gemeinsam die Darstellung von Möbeln in einem Wohnungsgrundriss anschauen.

S. 12, 13

Schule und Schulgelände

1 Betrachte das Bild. Was entdeckst du alles?

2 Diese Räume siehst du auf dem Bild. Ergänze die Klassenstufen.

Im Schulhaus	links	rechts
3. Stock	Klasse 3a, Materialienraum	Computerraum, Klasse ____
2. Stock	Klasse ____, Lehrerzimmer	Bibliothek, Klasse ____
1. Stock	Klasse ____, Sekretariat	Erste-Hilfe-Raum, Klasse ____
Erdgeschoss	Mensa, Hausmeisterzimmer	Aula

Der Raum über dem dritten Stock heißt:

1 Den Querschnitt des Gebäudes betrachten. Sich in der Schule als Lebens- und Lernraum orientieren. Die Räume und ihre Funktionen benennen. Lagebeziehungen zwischen den Räumen erfassen. Überlegen, welche Räumlichkeiten für einen funktionierenden Schulalltag nötig sind. 2 Die Tabelle dem Bild gemäß ergänzen. Den Raum unter dem Dach benennen.

S. 2

3 Was gibt es auf diesem Schulgelände? Kreuze an.

4 Was gehört alles zu eurem Schulgelände?

- Schulgebäude
- Parkplatz
- Sportplatz
- Schulgarten
- Verkehrsübungsplatz
- Spielgeräte
- Schulteich

5 Informiere dich über deine Schule. Schreibe.

Meine Schule heißt:

In dieser Straße liegt meine Schule:

In diesem Jahr wurde meine Schule gebaut:

So viele ... Gebäude Stockwerke Klassenräume

hat meine Schule.

Hier halte ich mich in der großen Pause am liebsten auf:

3 und **4** Das Schulgelände auf dem Bild räumlich erfassen. Die Gestaltung mit dem eigenen Schulgelände vergleichen. Besprechen, was typischerweise zu einem Schulgelände gehört, was variieren kann, was wünschenswert wäre. **5** Sich über die eigene Schule erkundigen, z. B. gemeinsam in der Klasse die Website der Schule ansehen und die gewünschten Informationen heraussuchen.

S. 2

Die Kraft von Magneten

1 Macht Vorschläge zur Verschönerung eines Raumes. Befestigt die Zettel an einer Magnettafel.

2 Führt das Experiment durch.

Ihr braucht:	Geht so vor:
2 Stabmagnete 	• Bringt die beiden roten Enden der Magneten zueinander. • Bringt ein rotes und ein grünes Ende der Magneten zueinander. Was beobachtet ihr?

3 In welche Richtung fährt der Lastwagen?
Male unter jedem Bild den richtigen Pfeil aus.

1 Ideen an einer Magnettafel sammeln. Die Vorteile einer Magnettafel nennen (unkompliziertes Anbringen von Texten und Bildern, schnelle Änderungsmöglichkeiten). Bemerken, dass die Magnete durch Anziehungskraft an der Tafel halten. **2** Nord- und Südpol eines Stabmagneten benennen. Herausfinden, was passiert, wenn sich die Pole zweier Stabmagneten annähern (anziehende und abstoßende Kraft).

S. 8, 16

4 Führt das Experiment durch.

Was wird von einem Magneten angezogen?

Ihr braucht:

- 1 Stabmagneten
- Gegenstände aus verschiedenen Materialien

Geht so vor:

- Haltet den Magneten an die einzelnen Gegenstände.
- Male die Kreise in der Tabelle aus:
  grün – wird angezogen
  rot – wird nicht angezogen

Material	 Holz	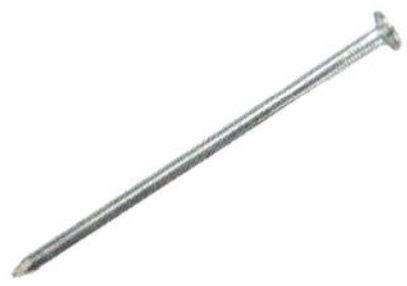 Eisen	 Stoff	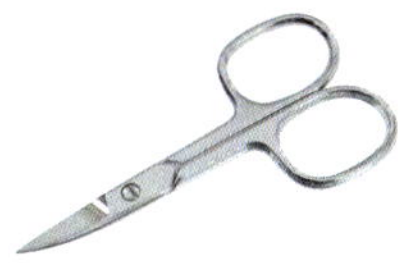 Eisen
Beobachtung	○	○	○	○
Material	 Messing	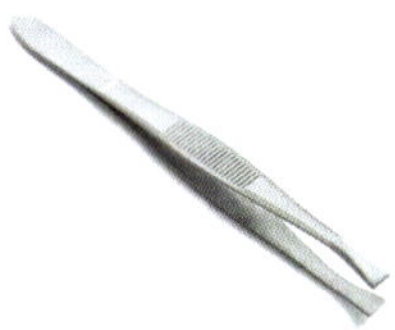 Eisen	 Gummi	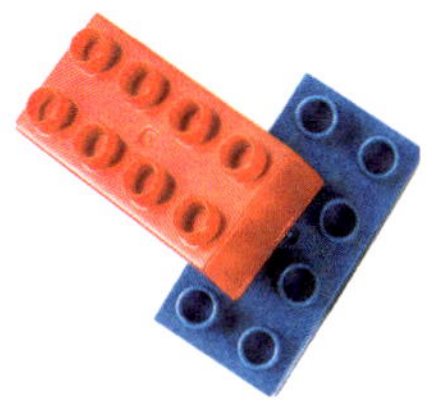 Plastik
Beobachtung	○	○	○	○

Ergebnis:

Gegenstände, die ▸ ______________ enthalten, werden von einem Magneten angezogen.

4 Die Anziehungskraft von Gegenständen aus den o.a. Materialien überprüfen. Herausfinden, dass Magnete von Dingen angezogen werden, die Eisen enthalten. (Ggf. mündlich ergänzen, dass auch Cobalt und Nickel Magnete anziehen.) Zur Vereinfachung werden in der Tabelle Eisen-Legierungen als Eisen bezeichnet; erklären, dass Eisen *ein Bestandteil* dieser Gegenstände ist.

S. 8, 16

Öffentliche Einrichtungen

1 Öffentliche Einrichtungen können von allen Einwohnern genutzt werden. Welche Einrichtungen gibt es auch in deinem Wohnort? Kreuze an.

☐ Kirche

☐ Schwimmbad

☐ Stadtbücherei

☐ Rathaus

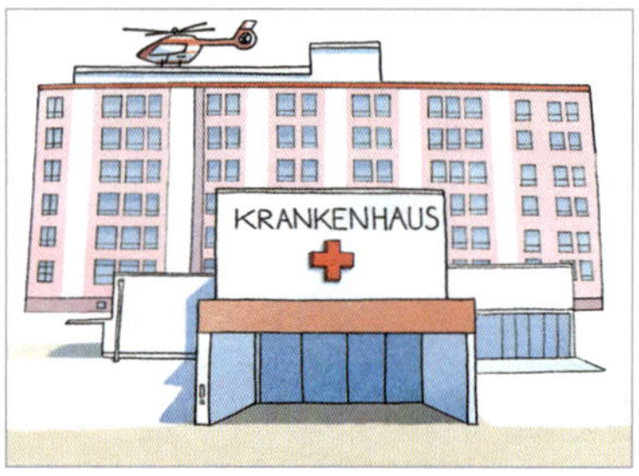

☐ Krankenhaus

☐ Museum

2 Auch die Polizeiwache ist eine öffentliche Einrichtung. Berichte über einige Aufgaben der Polizei.

Straftaten aufklären

Menschen informieren

im Straßenverkehr helfen

für Sicherheit sorgen

1 Öffentliche Einrichtungen als Orte kennenlernen, die eine Gemeinde allen Bewohnern zur Verfügung stellt. Von eigenen Erfahrungen in öffentlichen Einrichtungen berichten (z. B. Stadtbücherei, Krankenhaus). **2** Einen Berufsstand des öffentlichen Dienstes näher kennenlernen. Das vielfältige Aufgabenfeld der Polizei anhand von Beispielen beleuchten.

3 „Retten, löschen, bergen, schützen“ –
das sind die Aufgaben der Feuerwehr.

Betrachte die Bilder. Lies dann die Sätze unter den Bildern und ordne sie zu.

- [ ] Wenn es brennt, löschen die Feuerwehrleute das Feuer.
- [ ] Sie retten Menschen aus brennenden Gebäuden.
- [ ] Bei Hochwasser bringen sie Mensch und Tier in Sicherheit.
- [ ] Sie befreien Menschen aus Unfallautos.
- [ ] Sie räumen die Straßen nach einem Sturm frei.
- [ ] Sie befreien Tiere aus Notlagen.

3 Erzählen, was man bereits über die Feuerwehr weiß. Verstehen, dass das Aufgabenfeld der Feuerwehr nicht allein den Brandschutz umfasst. Die Bilder den Sätzen zuordnen und einzeln besprechen: Was könnte zu der Notsituation geführt haben? Sich über ein ausgewähltes Beispiel näher erkundigen: Wie geht die Feuerwehr vor? Was macht sie außerdem (z. B. Wasser abpumpen bei Hochwasser)?

S. 11

Hier wohne ich

1 Schreibe den Namen deines Wohnortes auf. Male sein Wappen. ○

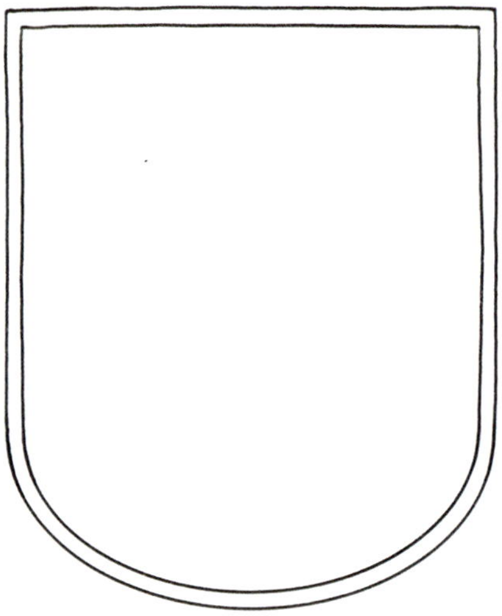

2 Erkundet einen Spielplatz in eurer Umgebung. Bewerte ihn. ○
Vergleicht eure Bewertungen.

Spielplatz-Bewertung ○ → 🙂 😐 🙁

Frage	Bewertung
Sind genügend Spielgeräte vorhanden?	○
Sind die Geräte unbeschädigt?	○
Sind die Geräte für uns geeignet?	○
Ist der Spielplatz sauber?	○
Der Spielplatz bekommt von mir die Note	☐

3 Spielplatz, Bäume, Bücherei ... Was findest du in einem Wohnort besonders für Kinder wichtig? Tausche dich mit den anderen aus. ○

1 Das Schild beschriften. Das Wappen malen und über die Motive des Wappens sprechen. **2** Einen Spielplatz im Wohnort bzw. in der Schulumgebung besuchen und beurteilen. Den Bewertungsbogen ausfüllen. Eine Gesamtnote für den Spielplatz vergeben. **3** Überlegen und diskutieren, was Kinder in ihrem Wohnumfeld benötigen (Freizeitangebote, Natur ...). | Selbsteinschätzung S. 2

Zeit vergeht

Menschen werden älter und verändern sich.
Was früher war, ist Vergangenheit.
Was jetzt ist, ist Gegenwart.
Was sein wird, ist Zukunft.

1 Von jung bis alt: Ordne die Wörter zu.

Baby Erwachsener Senior Kind Jugendlicher

1 2 3 4 5

Das Foto betrachten. Die Generationen wahrnehmen und ein Gespür für die Altersabstände entwickeln. Das Alter der abgebildeten Personen einschätzen. **1** Die Lebensabschnitte den Abbildungen zuordnen. Äußerliche Merkmale benennen, die das Alter eines Menschen anzeigen (z. B. Größe, Körperhaltung, Haarwuchs, Hautbeschaffenheit).

S. 11

Im Lauf der Zeit

1 Schreibe und male.

Vergangenheit

Ich wurde geboren am:

Ich kam in die Schule am:

Gegenwart

Ich gehe in die Klasse:

In der Schule lerne ich gerade etwas über …

Zukunft

Das möchte ich in diesem Jahr gern noch machen:

1 Den Verlauf der Zeit nachvollziehen. **Vergangenheit:** Geburtsdatum und Datum der Einschulung eintragen. **Gegenwart:** Die jetzige Klassenstufe aufschreiben und ein, zwei Stichworte zum aktuellen Lernstoff notieren (z.B. aus dem Themenbereich „Zeit“ oder allgemeiner und unabhängig vom Unterrichtsfach). **Zukunft:** Ein oder mehrere Vorhaben für die nahe Zukunft eintragen und bebildern.

S. 14

2 Einem Jahr folgt das nächste Jahr.
Ergänze die Jahreszahlen und die Begriffe im Zeitstrahl.

Letztes Jahr war 2 ___ .

Wir haben das Jahr ____ .

Nächstes Jahr wird ____ sein.

Vergangenheit	______________	______________

3 Wer ist der jüngste Mensch in deiner Verwandtschaft? Wer der älteste?
Trage jeweils den Namen und das Geburtsjahr ein.

Am jüngsten: ______________ Geboren im Jahr: ____

Am ältesten: ______________ Geboren im Jahr: ____

4 Kinder möchten manchmal älter sein. Erwachsene möchten manchmal jünger sein. Was meinst du dazu?

2 Die passenden Jahreszahlen ergänzen. Auf dem Zeitstrahl die in Aufgabe 1 eingeführten Zeitbegriffe „Gegenwart“ und „Zukunft“ eintragen. **3** Sich zu Hause erkundigen und Namen und Jahreszahlen eintragen. **4** Überlegen, warum das Erwachsensein für Kinder zuweilen attraktiv erscheint, während sich ältere Menschen nach ihrem jüngeren Ich zurücksehnen. Einen älteren Verwandten dazu befragen.

S. 14, 15

Auf den Spuren der Vergangenheit

1 Betrachte das Bild. Was entdeckst du alles?

2 Welche Bilder weisen in die Vergangenheit? Kreuze an.

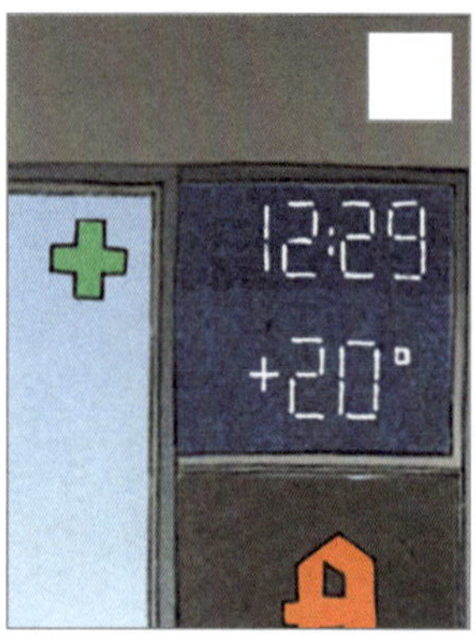

1 In dem Bild gibt es Hinweise zum Verlauf der Zeit. So weisen z. B. die Bauweise des Museums, das Denkmal und der Straßenname auf eine frühere Epoche hin. Spuren der Vergangenheit im eigenen Ort aufspüren. **2** Denkmäler und Ausstellungen in Museen ermöglichen Einblicke in die Vergangenheit. Überlegen: Kann die Kinowerbung von heute in der Zukunft eine Spur der Vergangenheit sein?

S. 2, 16

3 In Museen werden Sachen bewahrt und ausgestellt.
Welches Museum würde dich interessieren? Kreuze an.

4 Welche Dinge werden in diesen Museen noch gezeigt? Vermute.

Spielzeugmuseum

Naturkundemuseum

Technikmuseum

5 Klebe die Bilder der Fahrzeuge auf. Vergleiche sie.

Fahrzeuge früher		Fahrzeuge heute	
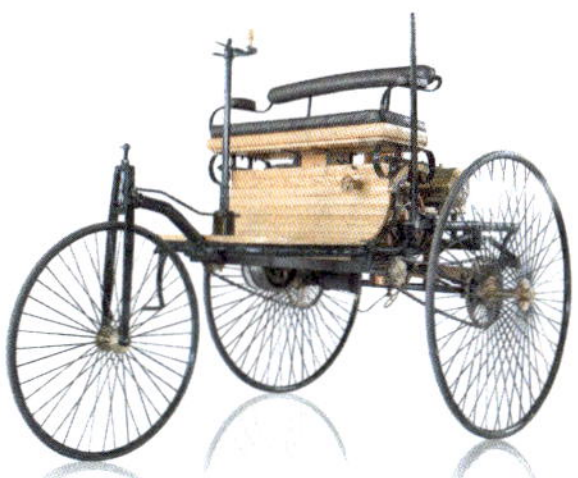	Seite 95		Seite 95
Seite 95		Seite 95	

3 Die Funktion von Museen verstehen (öffentliche Einrichtungen, die der Sammlung, Bewahrung, Ausstellung, Forschung und Wissensvermittlung dienen). Ein Museum nach Interesse auswählen. **4** Weitere Exponate nennen, die zum Thema des jeweiligen Museums passen. **5** Bilder heutiger und früherer Fahrzeuge aufkleben und miteinander vergleichen. Erkennen, dass Technik sich weiterentwickelt.

S. 6

Festtage

1 Welche Festtage kennst du? Kreuze an.

2 Was weißt du über diese Festtage?

Fasching 	Ostern 	Fest des Fastenbrechens (Zuckerfest) 
Kindertag 	Tag der deutschen Einheit 	Chanukka 
Nikolaus 	Weihnachten 	Silvester 

3 Schreibe über einen Festtag, den du in deiner Familie feierst.

Dieses Fest feiern wir in unserer Familie:

Das nächste Mal feiern wir das Fest am

Das machen wir an dem Tag:

1 und **2**: Erzählen, welche der Festtage bekannt sind und was man über sie weiß. **3** Sich mit einem Festtag beschäftigen, der in der Familie von Bedeutung ist. Bei Festen, die sich über mehrere Tage erstrecken, könnte der erste Tag als Datum eingetragen werden. In Stichworten notieren, wie der Festtag begangen wird („Familienrituale"). | Selbsteinschätzung S. 2

Im Sommer

Die Luft ist warm.
Jetzt macht es Spaß, im Wasser zu spielen oder eine Bootsfahrt zu machen.

1 Fülle Leitungswasser in ein Glas und prüfe es. Kreuze an.

a Wie sieht das Wasser aus?
- blau
- grün
- farblos

b Wie riecht das Wasser?
- faulig
- blumig
- nach nichts

c Wie schmeckt das Wasser?
- süß
- nach nichts
- salzig

d Wie fühlt sich das Wasser an?
- klebrig
- nass
- körnig

Das Foto betrachten. Von eigenen Sommererlebnissen mit Wasser berichten (z. B. schwimmen, Boot fahren, Wasserspielplatz ...).
1 Die Eigenschaften von Wasser herausfinden. Aufbauend darauf könnte ausprobiert werden, ob sich die Konsistenz von Wasser ändern lässt. Dafür z. B. Stärke oder Speiseöl in das Wasser geben und spüren, wie es sich nun anfühlt.

S. 11

Schwimmen und Sinken

1 Welches Gewässer eignet sich zum Baden? Male den Kreis grün aus. Male die anderen Kreise rot aus: Hier ist das Baden gefährlich.

	Bei Gewässern, die wir nicht kennen, wissen wir nicht, ob das Ufer steil abfällt. Das Wasser kann plötzlich tief sein.	○
	Das Gewässer wird beaufsichtigt. Das niedrige Wasser ist vom tiefen Wasser abgetrennt. Im niedrigen Wasser können wir baden und schwimmen.	○
	Flüsse sehen oft ruhig und harmlos aus. Doch das täuscht. Sie haben Strömungen, die sogar für geübte Schwimmer sehr gefährlich sind.	○

2 Führt das Experiment durch.

Schwimmen oder Sinken?

Ihr braucht:

- 2 Gläser
- Leitungswasser und Sprudelwasser
- Rosinen

Geht so vor:

- Gießt das Leitungswasser in das eine Glas, das Sprudelwasser in das andere.
- Lasst Rosinen in jedes Glas fallen.
- Beobachtet, was passiert.

1 Gefahren von Gewässern thematisieren. Strömungen (in Flüssen oder im Meer) können als Sog erklärt werden, der den Schwimmer mitreißt. **2** Die Rosinen im Leitungswasser gehen unter, weil sie schwerer als Wasser sind. Die Rosinen im Sprudelwasser schwimmen immer wieder an die Oberfläche. Gasbläschen, die leichter als Wasser sind, haften sich an sie und verschaffen ihnen Auftrieb.

S. 8, 11, 16

3 Führt das Experiment durch und wertet es aus.

Was schwimmt und was sinkt?

Ihr braucht:

- große Schüssel
- Wasser
- kleine Gegenstände

Geht so vor:

- Was schwimmt, was sinkt?
  Vermutet und kreuzt an.
- Setzt die Gegenstände nacheinander vorsichtig auf das Wasser.
  Was beobachtet ihr? Kreuzt an.

Gegenstand	Wir vermuten		Wir beobachten	
	sinkt	schwimmt	sinkt	schwimmt
1 Papierschiff 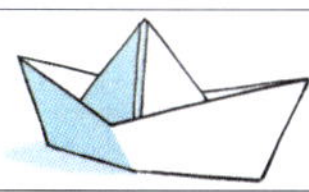				
2 Radiergummi 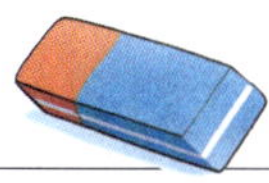				
3 Holzstück 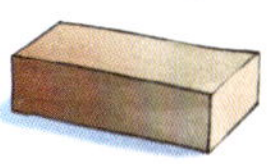				
4 Stecknadel 				
5 Büroklammer 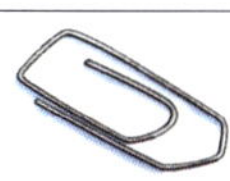				
6 Ball 				
7 Tafelschwamm 				
8 Korken 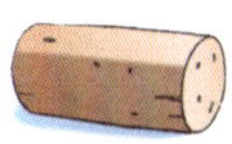				
9 Kugel aus Knete 				
10 Boot aus Knete 				

Auswertung:

Ob ein Gegenstand im Wasser schwimmt oder sinkt, hängt ab von:

- dem Stoff, aus dem er besteht (Holz, Metall, Knetmasse ...).
- seinem Gewicht (leichter oder schwerer als Wasser).
- seiner Form (flach, eckig, rund ...).

3 Den Versuch zur Schwimmfähigkeit von Objekten durchführen. Erst vermuten, dann beobachten, welche Gegenstände schwimmen und welche nicht. Darauf verweisen, dass die Gegenstände aus unterschiedlichen Stoffen bestehen, ein unterschiedliches Gewicht haben und auch unterschiedlich in der Form sind. Erklären, dass davon die Schwimmfähigkeit abhängt.

S. 8, 16

Wir untersuchen Stoffe

1 Was passiert mit den Gegenständen? Probiere aus.

① 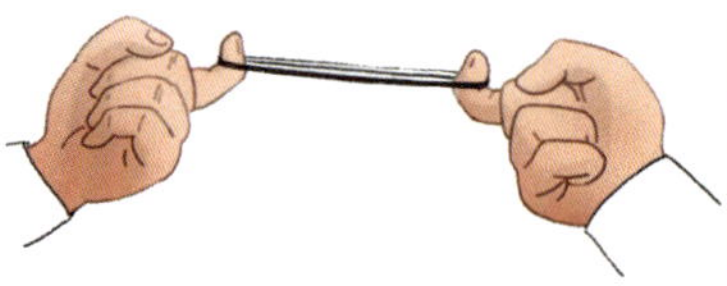

Gummiband ziehen

② 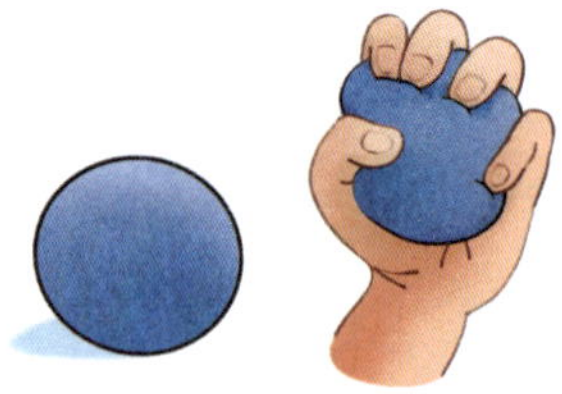

Softball zusammendrücken

③ 

Knetmasse formen

④ 

Haarreif ins Haar setzen

⑤ 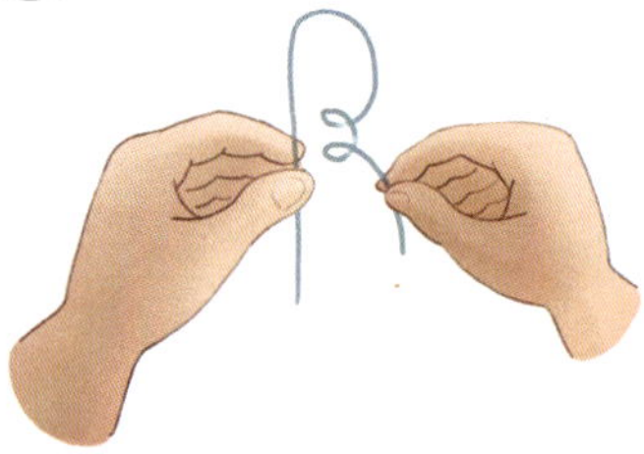

Draht biegen

⑥ 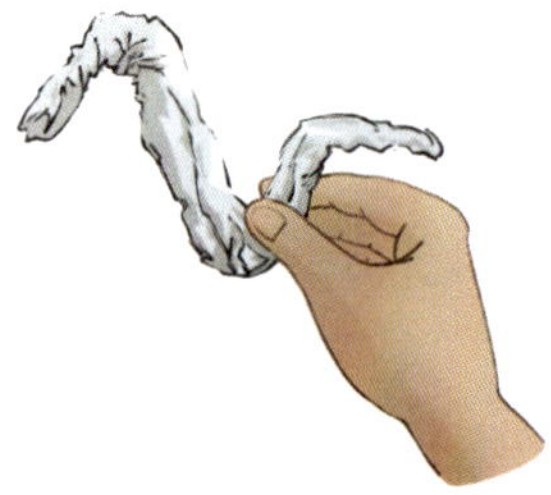

Figur aus Alufolie formen

2 Ergänze den Text.

Form	Form	Haarreif	Draht

Gummiband, Softball und ________ sind **elastisch**.

Wenn du sie loslässt, nehmen sie wieder ihre alte ________ an.

Knete, ________ und Alufolie sind **nicht elastisch**.

Sie behalten die ________, die du ihnen gibst.

1 und **2** Die Werkstoffe und Gegenstände durch Betrachten und Fühlen vergleichen. Die Eigenschaften von Stoffen in Bezug auf Elastizität experimentell erkunden und beschreiben. Alle oben abgebildeten Gegenstände lassen sich verformen, doch elastische Stoffe nehmen nach dem Loslassen wieder ihre ursprüngliche Form an.

S. 8, 16

3 Führt das Experiment durch. Füllt die Tabelle aus.

Welcher Stoff löst sich im Wasser auf?

Ihr braucht:

- 5 Gläser
- Wasser
- 5 Teelöffel für:
  Salz, Zucker, Waschpulver, Gartenerde, Speiseöl

Geht so vor:

- Was wird sich auflösen? Kreuzt an.
- Füllt fünf Gläser mit kaltem Wasser.
- Gebt in jedes Glas einen Löffel des Stoffes (z. B. Salz) und rührt um.
- Was beobachtet ihr? Kreuzt an.

Stoffe	Wir vermuten		Wir beobachten	
	löst sich	löst sich nicht	löst sich	löst sich nicht
1 Salz				
2 Zucker				
3 Waschpulver				
4 Gartenerde				
5 Speiseöl				

4 Führt das Experiment durch. Schreibt ein Protokoll.

Wir trennen ein Stoffgemisch

Ihr braucht:

- Gartenerde
- Gefäß mit Wasser
- leeres Gefäß
- Trichter und Filtertüte

Geht so vor:

- Stellt eine Mischung aus Erde und Wasser her.
- Vermutet: Wie könntet ihr die Mischung trennen?
- Trennt das Gemisch.
- Nutzt für das Protokoll den Wegweiser (Seite 9).

3 Wasser mit anderen Stoffen mischen. Herausfinden, welche Stoffe sich im Wasser auflösen. Anregung: Das Experiment mit warmem Wasser wiederholen. Dafür eine Tabelle nach obigem Muster erstellen. **4** Wasser und Erde mischen und durch Filtern wieder voneinander trennen. Auf einem extra Blatt Papier ein Protokoll über das Experiment schreiben.

S. 8, 9, 16

Am Teich

1 Betrachte das Bild. Was entdeckst du alles?

2 Finde die Tiere und die Pflanze im großen Bild wieder. Ordne zu.

Teichrohrsänger	Teichmolch	Rohrkolben

Libelle	Teichfrosch	Posthornschnecke

1 Tiere und Pflanzen betrachten und bekannte Vertreter nennen. Anhand der Abbildungen von Frosch und Froschlaich sowie Libelle und Libellenlarve kann auf die Entwicklungsstufen dieser Tiere aufmerksam gemacht werden. **2** Die Tiere und die Pflanze im großen Bild wiederfinden und zuordnen. Weitere Pflanzen im großen Bild: Teichrose und Kleine Wasserlinse („Entengrütze").

S. 2

3 Welches Tier entwickelt sich aus dem Laich? Kreise es ein.

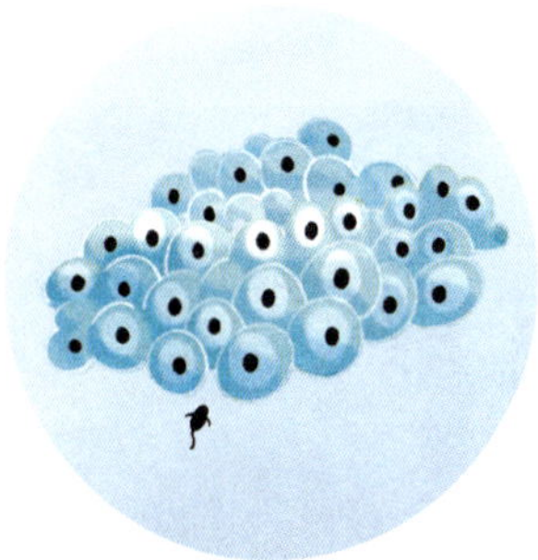

Laich (Eier)

Frosch

ODER

Libelle

4 Lies den Text. Trage die roten Buchstaben nacheinander in die Kästchen ein. Klebe das Bild auf.

Wie heißt diese Wasserpflanze?

Es gibt sie in Seen oder Teichen.

Ihre Blüten sitzen an langen Stängeln. Käfer und Fliegen mögen den eiweißreichen Pollen in den Blüten.

Die Blätter schwimmen im Wasser. Sie sind so groß, dass sich Frösche auf ihnen ausruhen können.

Seite 95

3 Vermuten, zu welchem Tier die Eier gehören bzw. wie sich die Larve (Kaulquappe) entwickelt. Die Metamorphosen von Frosch und Libelle thematisieren, z. B. mithilfe eines Videos veranschaulichen. 4 Das Foto betrachten und den Text dazu lesen. Die roten Buchstaben im Text der Reihe nach in die Kästchen eintragen. Das Bild auf S. 95 ausschneiden und einkleben.

S. 4, 11

Pflanzen im Sommer

1 Welche Pflanzen kennst du schon?

2 Wie heißen die Pflanzen? Trage die Zahlen in Aufgabe 1 ein.

1	Stachelbeere	4	Klatschmohn
2	Kirsche	5	Rote Bete
3	Petersilie	6	Katzenminze

Die Lebensdauer von Pflanzen

Einjährige Pflanzen wachsen und blühen nur ein Jahr.
Im Winter sterben sie ab.
Zweijährige Pflanzen überwintern. Sie blühen erst im zweiten Jahr.
Mehrjährige Pflanzen können viele Jahre wachsen und blühen.

1 und **2** Die unterschiedlichen Pflanzen betrachten. Die Namen zuordnen. Zwischen Obst, Gemüse und Blumen unterscheiden. **Obst:** Kirsche, Stachelbeere, **Gemüse:** Rote Bete, Petersilie (auch Gewürz), **Blumen:** Katzenminze, Klatschmohn. Den Text im Infokasten gemeinsam lesen. Ggf. die Lebensdauer der oben abgebildeten Pflanzen ermitteln.

S. 11

3 Trage die fehlenden Wörter ein. Ein Blick auf die Seite 76 hilft.

Es ist Sommer. Am **Baum** reifen die  ______________ .

Wir pflücken die  ______________ vom **Strauch**.

Im **Gemüse**beet ziehen wir die  ______________ aus der Erde.

Die  ______________ ist ein **Gewürzkraut**.

 Katzenminze und  ______________

sind **Blumen**, die oft von Bienen angeflogen werden.

4 Lies den Text über den Schmetterling und beantworte die Frage dazu.

Die 
Brennnessel
ist wichtig für den 
Admiral.

Seine 
Raupe
frisst vor allem die Blätter der 
Brennnessel.

Warum ist die Brennnessel für den Admiral wichtig? Schreibe.

____

____

3 Den Text, der die Pflanzen von Seite 76 wiederaufgreift, ergänzen. Katzenminze und Klatschmohn werden häufig von Bienen angeflogen, da die Blumen ihnen ausgezeichnete Nahrung (Nektar oder Pollen) bieten. 4 Am Beispiel des Admirals die Beziehung zwischen Pflanze und Tier verdeutlichen. Die Brennnessel ist Ort der Eiablage, Futterpflanze für die Raupe und Ort ihrer Verpuppung.

S. 16

Sonnenblumen

1 Male eine Sonnenblume und freue dich auf sonnige Sommerferien.

2 Führt das Experiment durch.

Wir untersuchen Sonnenblumenkerne

Ihr benötigt:

- 3 Sonnenblumenkerne
- kleines Blatt Papier
- Messer
- feste Unterlage

Geht so vor:

- Löst die Schale ab.
- Zerschneidet den Kern.
- Drückt ihn auf ein Blatt Papier.

Was seht ihr auf dem Papier?

3 Welches Produkt wird aus ausgepressten Sonnenblumenkernen gewonnen?

1 Sonnenblumen in einer Vase als Anschauungsmaterial bereitstellen (Zungenblüten, Röhrenblüten erkennen). **2** Erklären, dass die Sonnenblumenkerne die Samen der Blume sind. Das Experiment ausführen. Auf dem Papier bildet sich ein Fettfleck. **3** Den ölhaltigen Kern mit dem Produkt Sonnenblumenöl in Beziehung setzen. | Selbsteinschätzung S. 2

S. 8, 16

SACHWISSEN

3 In der Schule

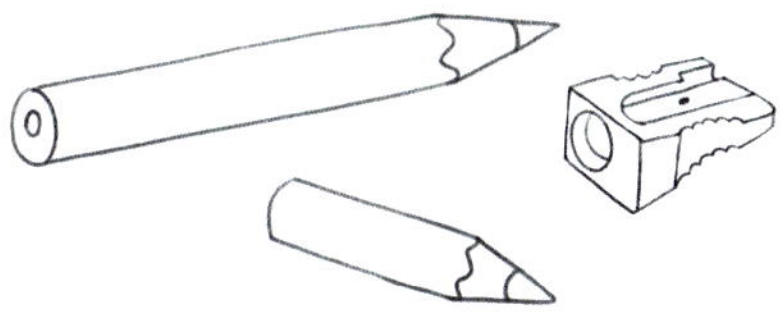

37 Im Frühling

11 Im Herbst

47 Tiere im Stall und auf der Weide

17 Miteinander leben

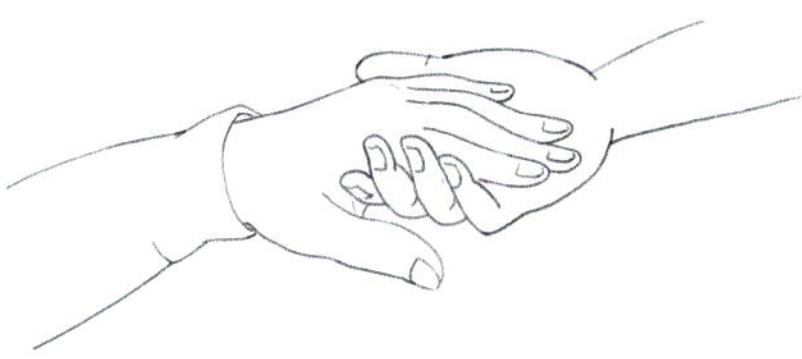

53 Wir lernen Räume kennen

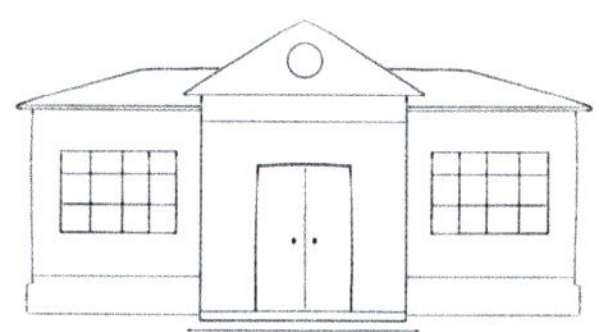

23 Im Winter

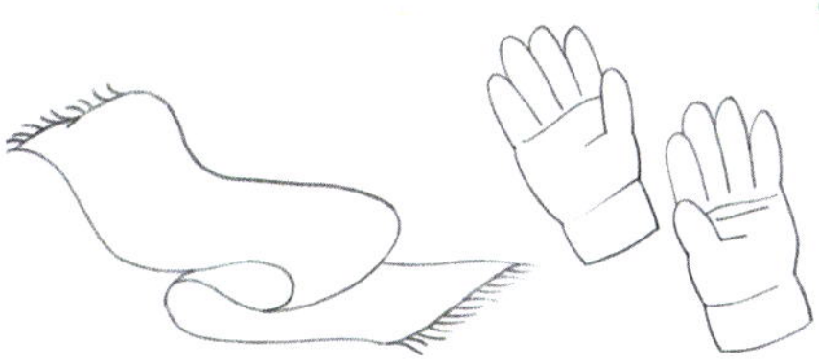

63 Zeit vergeht

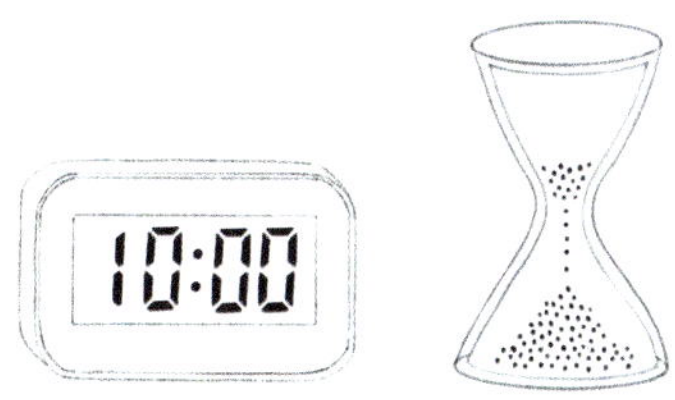

29 Das tut mir gut

69 Im Sommer

In der Schule

Lernen in der Freiarbeit

Manches übt man besser allein, zum Beispiel einen Satz zu schreiben. Wer allein lernt, unterhält sich nicht mit anderen. So kannst du dich gut konzentrieren.

Wenn wir in Partner- oder Gruppenarbeit arbeiten, können wir Vorschläge machen und gemeinsam Probleme lösen. Wenn jemand etwas nicht versteht, hilft der andere weiter.

Manches lernt man besser allein ...

... anderes gemeinsam mit anderen.

Unfallhilfe

Nach kleineren Unfällen können wir uns selbst helfen:

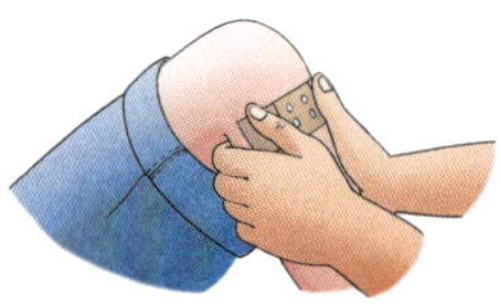

die Wunde mit Pflaster abdecken

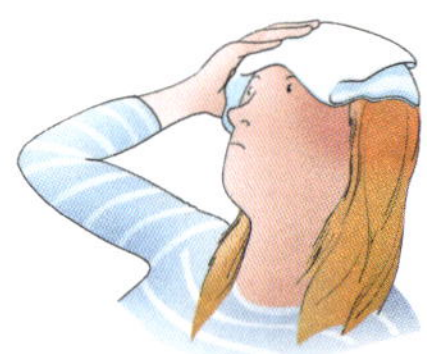

eine Beule mit Waschlappen kühlen

Bei schweren Unfällen wählen wir den Notruf. Ein Rettungswagen wird geschickt.

Rettungskette:

1. Erste Hilfe:	Ersthelfer helfen dem Verletzten sofort. Ein Helfer ruft die Notrufzentrale an.
2. Notruf 112:	Die Notrufzentrale schickt einen Rettungswagen.
3. Weitere Erste Hilfe:	Die Helfer kümmern sich um den Verletzten, während sie auf den Rettungswagen warten.
4. Rettungsdienst:	Der Rettungswagen kommt. Sanitäter bringen den Verletzten ins Krankenhaus.
5. Krankenhaus:	Der Verletzte wird im Krankenhaus versorgt.

Im Herbst

Ein Laubbaum im Jahreslauf

Laubbäume verändern sich im Laufe des Jahres sichtbar.

Die Kastanie im Jahreslauf

Nadelbäume

Das ist typisch für Nadelbäume:

- Sie haben Zapfen, in denen sich die Samen befinden.
- Sie haben sehr schmale Blätter, die Nadeln genannt werden.
- Sie verlieren nicht mit einem Mal all ihre Blätter im Herbst. Im Verlauf des Jahres werfen sie alte Nadeln ab und bilden neue. Die meisten Nadelbäume sind das ganze Jahr über grün.

Miteinander leben

Hobbys

Wenn die Schule aus ist, können wir spielen oder unseren Hobbys nachgehen: lesen, tanzen, Fußball spielen, malen ... Manche Kinder haben viele verschiedene Interessen. Andere können sich für ein Hobby besonders begeistern.

Freunde und Freundinnen

Freundschaften sind unterschiedlich. Es gibt enge Freundschaften und lockere Freundschaften. Oft ist es so, dass Freunde viel Zeit miteinander verbringen. Wie mit anderen Menschen hat man auch mit einem Freund manchmal Streit. Wichtig ist, dass Freunde einander vertrauen können.

Gefühle

Alles, was du erlebst, löst Gefühle in dir aus. Manchmal könnten wir vor Freude in die Luft springen. In einem anderen Moment ärgern wir uns über etwas. Dein Körper vermittelt dir, ob du dich wohl oder unwohl fühlst.

Winter

Tiere im Winter

So überleben Tiere die kalte Jahreszeit:

Winterschlaf

Igel

Sie schlafen den ganzen Winter lang.

Winterruhe

Eichhörnchen

Sie schlafen und wachen zum Fressen auf.

Winterstarre

Frösche

Sie verkriechen sich. Ihre Körper erstarren.

Winteraktive Tiere

Fuchs

Hirsch

Sie suchen täglich nach Nahrung.

Zugvögel

Storch

Sie fliegen in den warmen Süden.

Die Temperatur messen

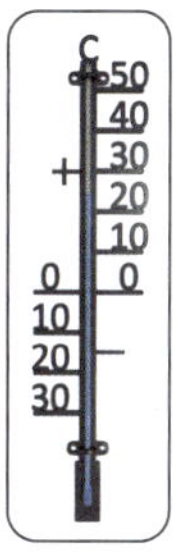

1

2

3

4

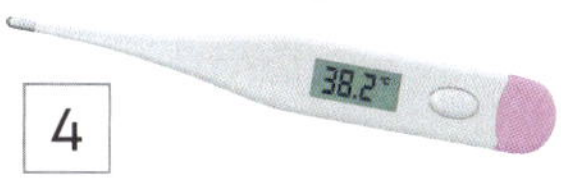

Das Thermometer heißt …	Wir messen damit die …
1 Außenthermometer	Lufttemperatur draußen
2 Zimmerthermometer	Lufttemperatur in Wohnräumen
3 Badewannen-thermometer	Wassertemperatur
4 Fieberthermometer	Körpertemperatur

Winter

Feuer ist nützlich

Die Menschen nutzen das Feuer zum:

Wärmen

Lichtmachen

Kochen oder Grillen

In der Urzeit war das Feuer sehr wichtig für die Menschen. Sie hielten sich damit warm und konnten Fleisch braten.
Das Feuer hielt auch wilde Tiere fern.

Feuer ist gefährlich

Kerzen spenden ein warmes Licht. Damit es nicht zu einem Brand kommt, sind wir vorsichtig:

- die Kerze nur unter der Aufsicht eines Erwachsenen anzünden
- feuerfeste Kerzenständer verwenden
- Fenster und Türen schließen: Zugluft vermeiden
- die Kerze nie unbeaufsichtigt lassen
- brennbare Dinge von der Kerze fernhalten
- Wasser zum Löschen bereithalten

Falls doch etwas Feuer fängt:

Wenn Feuer übergreift, kann ein kleiner Brand von einem Erwachsenen gelöscht werden.

Wenn das Feuer außer Kontrolle gerät, verlassen alle sofort das Zimmer. Wir rufen die Feuerwehr.

Das tut mir gut

Das Essen genießen

Eine abwechslungsreiche Ernährung ist wichtig.
Es ist auch gut, wenn wir uns zum Essen Zeit nehmen.
Ab und an sollten wir das Essen mit allen Sinnen genießen.

Die Sinnesorgane schützen

Wir schützen die **Augen** vor intensiver Sonnenstrahlung.	
Wir schützen die **Haut** vor Hitze und Kälte.	
Wir schützen das **Ohr** vor Lärm.	
Wir schützen den **Mund** vor zu heißen Mahlzeiten.	
Wir schützen die **Nase** vor beißenden Gerüchen.	

Das tut mir gut

Hören

Klänge, Töne und Geräusche werden von der Ohrmuschel aufgefangen.
Sie gelangen in das Innere des Ohres und werden an das Gehirn weitergeleitet.
Starker Lärm kann dazu führen, dass wir schlechter hören.

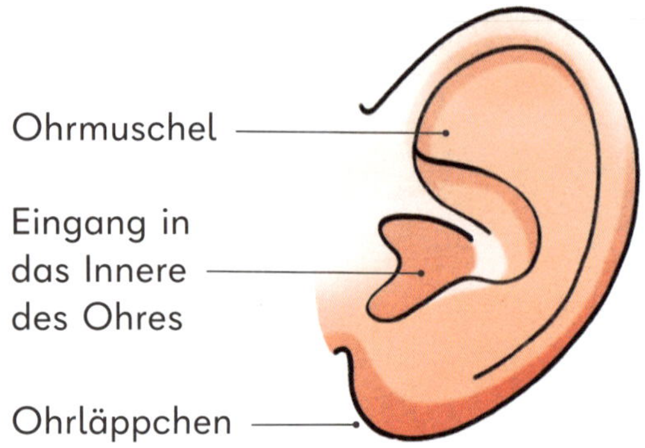

Der Körperbau

Der Körperbau von Jungen und Mädchen ist fast gleich.
Es unterscheiden sich nur die Geschlechtsorgane.

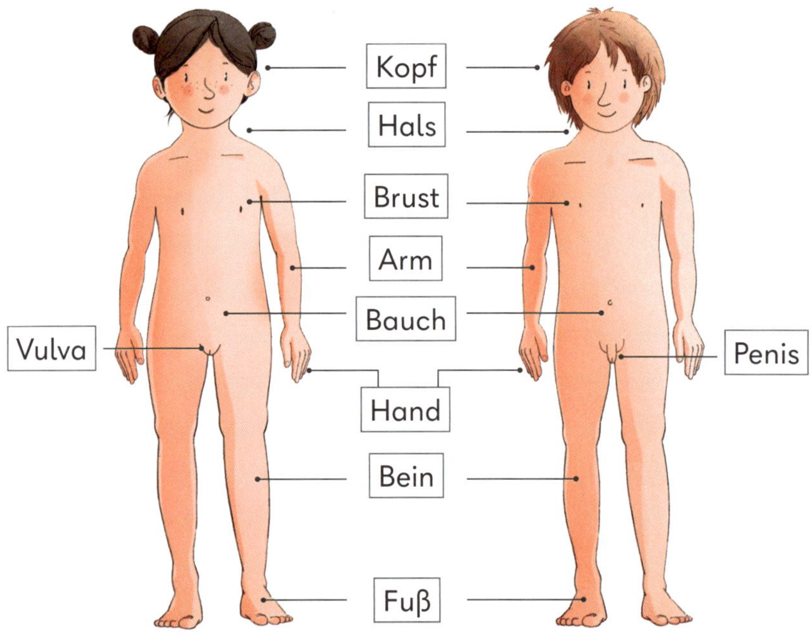

Nähe

Wenn andere uns berühren, ist es wichtig, dass wir uns wohl dabei fühlen.

Wenn wir nicht berührt werden wollen, lassen wir das den anderen wissen.

Im Frühling

Obstanbau

Auf einer **Streuobstwiese** stehen Obstbäume verstreut auf einer Wiese. Zwischen den Bäumen wachsen Gräser, Kräuter und Wildblumen.

Auf einer **Obstplantage** stehen die Bäume dicht nebeneinander. Meistens wird nur eine Obstsorte angebaut. Das Foto hier zeigt viele Kirschbäume.

Bestäubung

Die Bienen tragen den Pollen von Blüte zu Blüte.

Blüte 1

Die Biene krabbelt auf einer Blüte herum. Dabei bleibt Pollen an der Biene hängen. Wenn die Biene zur nächsten Blüte fliegt, transportiert sie den Pollen weiter.

Blüte 2

Der fremde Pollen bleibt an der zweiten Blüte hängen: Die Blüte wird bestäubt. Der Pollen wandert zur Eizelle im Fruchtknoten. Jetzt kann aus dem Fruchtknoten eine Kirsche werden.

Im Frühling

Das brauchen Pflanzen

Pflanzen brauchen zum Wachsen:

Licht

Wasser

Wärme

Nährstoffe aus der Erde

Vögel und ihre Nester

Zugvögel haben den kalten Winter in warmen Ländern verbracht. Jetzt sind sie zurück und bekommen Jungen.

Der Kuckuck zieht sein Junges nicht selbst auf. Er legt sein Ei in das Nest eines anderen Vogels.

Die Rauchschwalbe nistet an Wänden von Ställen und Scheunen.

Die Singdrossel baut ihr Nest in Bäumen, Hecken und Sträuchern.

Der Storch nistet oft auf Dächern. Sein Nest wird „Horst“ genannt.

Tiere im Stall und auf der Weide

Nutztiere	Als Nutztiere werden Tiere bezeichnet, die vom Menschen genutzt werden. So werden Hühner gehalten, weil Menschen ihr Fleisch oder ihre Eier essen. Hühner, Schweine, Rinder und Schafe sind die in Deutschland am häufigsten gehaltenen Nutztiere.
Der Körperbau einer Kuh	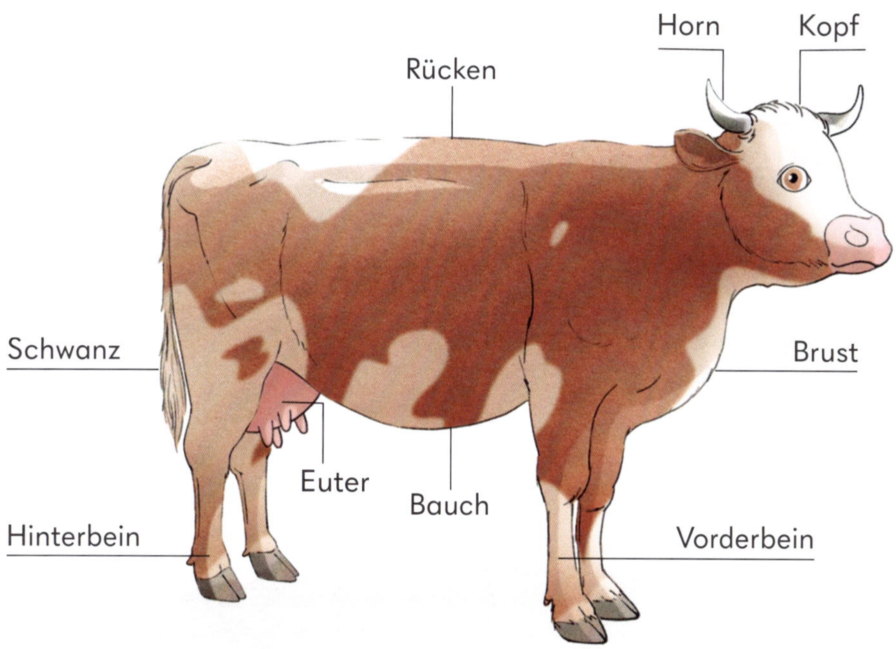
Tierhaltung	Das brauchen die Tiere, damit sie sich wohlfühlen:    Auslauf und gutes Futter  saubere Ställe mit genügend Platz  tierärztliche Betreuung

Wir lernen Räume kennen

Klassenraum: vom Bild zum Plan

Das ist ein Blick in den Klassenraum der 2a:

Der Klassenraum von oben:

Der Klassenraum als Plan:

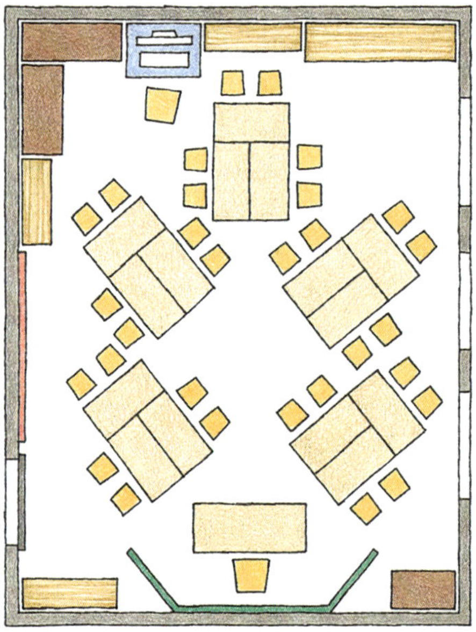

Rechts ist ein Plan vom Raum der Klasse.
Die wichtigsten Gegenstände sind als farbige Grundrisse in den Plan gezeichnet.
Damit man den Plan verstehen kann, braucht man eine Zeichenerklärung: die Legende.

Legende:

Tisch
Stuhl
Schrank
Regal
Pinnwand
Computerplatz
Tafel

Wir lernen Räume kennen

Magnete

Ein Stabmagnet hat einen magnetischen Nordpol und Südpol. An den Polen ist die Anziehungskraft des Magneten am stärksten.

Hält man die gleichen Pole zweier Magnete aneinander, stoßen sich die Magnete ab.

Hält man die unterschiedlichen Pole zweier Magnete aneinander, ziehen sich die Magnete an.

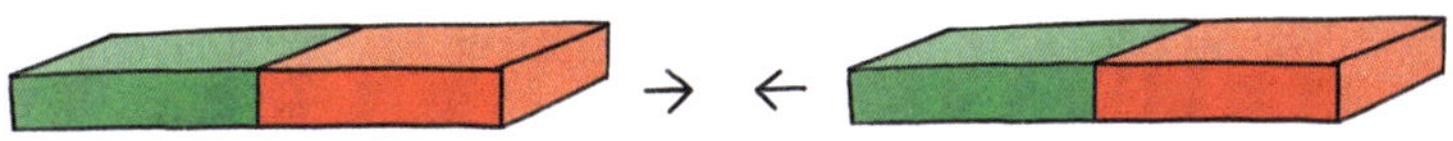

Gegenstände, die Eisen enthalten, sind magnetisch.

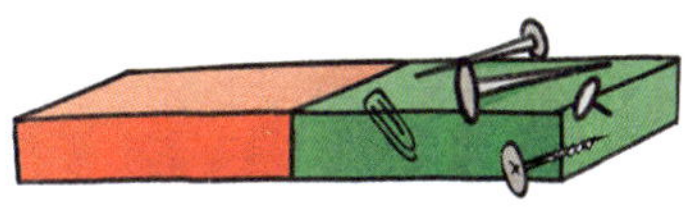

Öffentliche Einrichtungen

Öffentliche Einrichtungen sind Räume im Wohnort, die jeder nutzen darf.
Sie fördern das Leben in der Gemeinschaft.
Öffentliche Einrichtungen sind zum Beispiel:

Die Stadthalle

In der Stadthalle finden verschiedene Veranstaltungen statt, zum Beispiel Konzerte.

Die Stadtbücherei

Hier können wir uns Bücher, Filme, Hörspiele und Spiele ausleihen.

Zeit vergeht

Spuren der Vergangenheit

Die Zeit steht niemals still.
In unserer Gegenwart können wir viele Spuren der Vergangenheit entdecken: alte Bauwerke, Filme, Tonaufnahmen, Briefe ... Wir können auch ältere Menschen fragen, wie es früher war.

Festtage

In einem Jahr gibt es besondere Tage, die wir Festtage oder Feiertage nennen. Manche Festtage sind immer zum selben Zeitpunkt, bei anderen wechselt das Datum.

Der Tag der Deutschen Einheit ist jedes Jahr am 3. Oktober.

Ostern kann im März oder im April sein.
Das Fest beginnt am Sonntag nach dem ersten Vollmond im Frühling.

Bräuche

Viele Feste haben ihren Ursprung in alter Zeit.
Sie sind meist mit Bräuchen verbunden.

An **Chanukka** wird acht Tage lang jeden Tag eine Kerze am Leuchter entzündet.

Am **Fest des Fastenbrechens** oder **Zuckerfest** werden Süßigkeiten verteilt.

Zu **Weihnachten** wird ein Baum mit Spielzeug oder Kugeln geschmückt.

Im Sommer

Eigenschaften von Wasser

Wasser ist farblos und durchsichtig. Man kann es nicht riechen oder schmecken.

Wasser kann flüssig oder fest sein. Es kann zudem verdunsten. Dann sieht man das Wasser nicht mehr.

Im flüssigen Wasser können wir schwimmen.

Das Wasser ist zu Eis gefroren.

Es ist heiß. Ein Teil des Wassers ist verdunstet.

Löslichkeit von Stoffen

Manche Stoffe ...

... sind in Wasser löslich.

... lösen sich nicht in Wasser.

Viele Stoffe lösen sich leichter in heißem Wasser und wenn man sie zerkleinert.

Stoffgemische

Man kann Stoffe mit Wasser mischen, zum Beispiel:

Man kann Stoffgemische wieder trennen, zum Beispiel:

Sommer

Schwimmen und Sinken

Ob ein Gegenstand im Wasser schwimmt, ist abhängig

- von seinem Gewicht (schwerer oder leichter als das Wasser).
- von seiner Form (rund, flach, eckig ...).
- vom Stoff, aus dem er besteht (Holz, Metall, Knete ...).

Eisen Korken Holz

Pflanzen als Lebensraum

Viele Insekten brauchen Pflanzen zur Ernährung oder für ihre Larven.

Schilf

Bevor aus der Libellenlarve eine ausgewachsene Libelle wird, muss sie sich häuten. Dazu klammert sie sich oft an einen Schilfstängel.

Hundsrose

Die Hundsrose ist ein Strauch. Der Rosenkäfer ernährt sich vom Pollen in der Blüte. Aus den Blüten der Hundsrose werden im Lauf des Jahres Hagebutten. Diese Beeren werden von Vögeln gefressen.

Brennnessel

Viele Schmetterlingsarten brauchen die Brennnessel. Der Admiral legt seine Eier auf ihr ab. Die geschlüpfte Raupe ernährt sich von der Pflanze.

Zum Ausschneiden

für Seite 9

für Seite 43

für Seite 67

für Seite 75